신 뿐 썀

당신의 인생 책은 무엇입니까 ?

설민석의
책 읽어드립니다

세상의
모든
책썸 남녀를
위하여

설민석의
책 읽어드립니다

Dankkum i

〈요즘책방: 책 읽어드립니다〉를 읽어드리는 책이다. 설쌤의 글은 그의 강독만큼이나 쉽고 따뜻하다. 〈요즘책방: 책 읽어드립니다〉를 사랑하셨던 분들이라면 방송의 여운이 풍성해지는 느낌을 받을 것이다. 나도 그렇다.

김상욱 물리학자, 《뉴턴의 아틀리에》 저자

어떤 책이든 대중의 눈높이에 맞춰 드라마처럼 풀어내는 이야기꾼 설쌤. 깊고 풍부한 원전原典에 들어가는 문턱이 낮아진다면 그보다 반가운 일은 없으리라.

이적 싱어송라이터, 《지문사냥꾼》 저자

세상에는 두 가지 종류의 지식이 있다. 첫 번째는 알고 있다는 느낌은 있는데 타인에게 설명할 수 없는 지식이다. 두 번째는 알고 있다는 느낌만 있는 것이 아니라 타인에게 설명도 할 수 있는 지식이다.

심리학자들의 결론은 단호하다. 두 번째만 나의 지식이다. 첫 번째는? 그냥 내가 나에게 속고 있는 것이다. 그래서 설명할 수 있는 것은 그 무엇보다도 중요하며, 설명하려고 노력하는 것은 그 무엇보다도 값진 시도다.

설민석. 그는 이 힘으로, 현재 대한민국을 대표하는 수십 명의 석학들이 기꺼이 스튜디오에 나와 그의 강독에 흠뻑 빠져들고 토론하며 한결같이 즐겁게 자리를 떠나게 만들었다. 그 원동력이 궁금하지 않으면 그게 오히려 이상하고, 배우고 싶지 않다면 당연히 거짓말이다. 겸손한 그는 그저 책을 읽어드리고 있다고 자세를 낮춘다. 하지만 분명히 말씀드리는데 그건 거짓말이다. 그는 책을 알고 설명했다. 어떻게 가능했을까? 바로 이 책에 그 비밀이 있다. 그를 통해 우리도 책을 설명할 수 있는 진정한 생각의 힘 기르기를 시작해보자. 심리학자의 눈으로 아무리 봐도 이 책은 명저 5권의 단순한 소개서가 아니라 우리 자신을 위한 딥씽킹deep thinking 훈련서다.

김경일 인지심리학자, 《지혜의 심리학》 저자

"설쌤, 이 책 왜 내신 거예요?"

〈요즘책방: 책 읽어드립니다〉에 출연 제안을 받았을 때, 나는 솔직히 프로그램의 성공에 대해 반신반의하는 심정이었다. 이유는 이랬다. 첫째, TV 독서 프로그램이 대단한 인기를 모은 적이 없다. 둘째, 읽기 힘든 책을 요약한다는 콘셉트가 혹시 '책을 안 읽어도 TV로 보면 된다'는 역효과를 일으키는 건 아닐까?

그러나 나의 우려는 기우였다. 제작진의 열정과 균형감각, 전문성과 대중성을 아울러 절묘하게 구성된 패널과 그들의 진지한 참여… 그리고 무엇보다 그 한가운데 '설민석'이 있었다. 회를 거듭할수록 나의 마음은 걱정에서 감탄으로 바뀌었다. '이 사람은 이걸 다 내다본 걸까?' 나는 이런저런 궁금증이 생겼다.

《설민석의 책 읽어드립니다》의 서문을 대신하는 인터뷰를 해줄 수 있겠느냐는 제안을 받았을 때 , 나는 속으로 설쌤처럼 손가락을 튕겼다. '옳다, 이 기회에 궁금했던 거 다 물어보자.' 내가 "사실 질문할 게 좀 많다"고 말하자 설쌤은 "인터뷰만 150페이지가 나와도 되니까 마음껏 물어보세요"라며 웃었다.

책 이야기를 책으로 하고 싶은 마음을 담은 책

장강명(이하 장) 선생님, 반갑습니다. 〈요즘책방: 책 읽어드립니다〉 방송이 끝난 뒤 어떻게 지내셨는지요.

설민석(이하 설) 방송이 끝나면 좀 한가해지고 제 인생을 찾을 수 있을 줄 알았는데… (웃음) 요즘에는 대한민국의 예비 리더인 어린이들과 소통하는 유튜브 채널을 만들어서요, 그걸 찍느라고 몸은 바쁘고 마음은 즐겁습니다.

장 오늘은 《설민석의 책 읽어드립니다》를 소개하기 위해 만났는데요. 이 책은 어떻게 집필하시게 되었나요?

설 〈요즘책방: 책 읽어드립니다〉는 저에게도 그렇고, 함께해주신 제작진과 출연자분들께도 너무나 소중한 시간이었습니다. 하지만 방송이 아쉽게 종영되었잖아요. 물론 유튜브나 '다시보기'로 접할 수 있겠지만, 그때의 현장감이나 우리의 추억들은 증발할 것 같은 기분이 들었습니다.

명색이 책을 읽어드리는 프로그램이었는데, 적어도 시청자 여러분들 책장에 우리가 나누었던 이야기들이 종이책으로 만들어져 꽂힌다면 더 오래 기억되지 않을까 생각해서 집필을 시작하게 되었죠.

장 〈요즘책방: 책 읽어드립니다〉는 모든 출연자에게 각별한 프로그램이었습니다. 선생님께는 또 어떤 의미였는지 궁금합니다.

설 사람이 죽을 때, 살아왔던 삶이 영화 필름처럼 남는다고 말하잖아요. 방송을 준비하던 시간은 먼 훗날 제게 명확히 기억될 순간들이었습니다. 저에게는 '인생 프로그램'이었지요.

녹화 중반에 작가님과 나누었던 대화가 생각나는데요, '여러 분야의 책을 강독하다 보면 방송이 20회쯤 될 때는 많은 깨달음을 얻어 공중부양도 가능한 경지에 이르지 않겠느냐'고 농담도 나눴었지요. 분명한 건 〈요즘책방: 책 읽어드립니다〉 이전의 설민석과 이후의 설민석은 완전히 다른 사람이라고 말씀드릴 수 있어요.

저는 29권의 책을 통해서 저자들을 스승으로 만났고, 그분들의 이야기를 표현하기 위해 끊임없이 공부하면서 성장했습니다. 촬영을 하면서 패널분들과 전문가분들의 해박한 지식과 선명한 의식을 접하면서, 무협지의 표현을 빌리자면 10갑자는 더 성장한 느낌이었습니다. 그래서 〈요즘책방: 책 읽어드립니다〉는 제게 인생의 스승과도 같은 프로그램이었습니다.

장 저희 프로그램 녹화하실 때 방송을 '경연經筵'에 비유하셨는데 단박에 공감이 갔습니다.

설 〈요즘책방: 책 읽어드립니다〉는 제게 조선시대 경연과 같은 프로그램이었습니다. 경연은 한 마디로 '왕의 공부'라고 하지요. 대신들이 유교 경전이나 역사서 등을 펼쳐 두고 왕에게 강독하는 제도입니다. 강독이 끝난 후에는 자연스럽게 책 내용을 기반으로 현실에서 새로운 방안을 만들어가며 시국을 놓고 토론하지요. 그러니까 경연은 책에서 시작해 현실의 문을 여는 일이었죠.

방송에서 제 역할이 경연의 강독자라면, 패널분들은 집현전 학자였고, 시청자분들은 왕이요, 군주였습니다. 방송의 시작은 책 속 이야기였지만, 어느 순간 우리는 이 시국을 이야기하고 있었습니다.

서점가에 〈요즘책방: 책 읽어드립니다〉라는 별도의 섹션이 마련되어 있는 모습, 점심을 먹다가 여러 분들이 모여 방송 이야기를 하시는 모습 등 다양한 채널을 통해 호응하는 시청자 여러분의 모습을 보면서 '이 방송은 진정 이 시대에 부활한 경연의 장이구나'라고 생각했습니다. 프로그램에 함께한 모든 분 덕분에 자부심을 가지고, 잘 마무리했습니다.

모두의 '유연한 협력'이 방송의 성공비결

장 독서 프로그램이 이 정도 성공할 거라고 예상한 사람은 많지 않았을 거예요. 시청자들이 호응해주신 이유가 뭘까요?

설 처음 시작할 때, 지금까지 많은 독서 프로그램이 있었지만 관심과 사랑을 받지는 못했다고 말씀하셔서 정말 많이 불안했습니다. 이 방송의 성공비결을 딱 하나로 정의할 수는 없겠지만, 저는 전문가와 비전문가의 멋진 콜라보, 유발 하라리의 표현을 빌리자면 그 '유연한 협력'이 비결이지 않았을까 생각합니다.

제가 강독으로 화두를 던지면 정말 다양한 지식과 학식을 지닌 이적 님이 스펙트럼을 넓혀주시고, 장강명 작가님의 촌철살인과 같은 날카로운 시선과 비판이 사이다처럼 시청자분들에게 다가갔습니다. 윤소희 님과 문가영 님이 평균 나이가 불혹을 넘어 지천명으로 가는 사람들과 함께 편안하게 이야기를 나누면서 20대의 시선을 대변해준 것도 세대를 아우를 수 있었던 큰 이유였습니다.

또한 놀라운 뇌구조로 책을 읽지 않는 시청자들을 대변해준 우리의 영원한 재롱둥이 전현무 님 덕분에 방송이 예능과 교양을 넘나드는 흥미로운 모습이 되었다고 생각합니다. 우리 감독님들, 작가님들을 비롯해 모든 스태프분들도 함께해주셨으니, 어떤 한 사람의 공이 아니라 정말 까만 밤을 밝게 지새웠던 수많은 제작진의 '유연한 협력'의 결과였다는 생각이 듭니다. 다시 한번 21세기 집단지성의 중요함을 느끼게 되는 순간이었습니다.

장   매주 선생님의 강독이 화제였는데요. 방송에서 다룬 책들이 모두 어렵고 쉽지 않은 내용이었는데, 어떻게 쏙쏙 머리에 들어오게 요약을 잘할 수 있었나요?

설   많은 분이 '어떻게 책을 그렇게 빨리 읽나요? 요령이 있나요?' 물어보시는데, 이렇게 대답해드리고 싶어요. 독서에는 왕도가 없고, 오직 끊임없는 반복과 연습만이 좋은 결과를 가져온다고.

생각해보면 정말 말도 안 되는 물리적 시간 속에서, 저보다 훨씬 견문이 뛰어난 전문가분들이나 작가님들의 기대를 만족시

켜드리는 강독을 준비해야 한다는 압박감에 매주 힘든 시간이었습니다.

그래도 강독은 원칙대로 차분히 시작했습니다. 일단 책을 받으면 말 그대로 읽고 또 읽었습니다. 그러나 슬프게도, 한 번 읽고 나서 완전히 이해되는 책이 많지는 않았습니다. 읽어도 잘 모르는 내용에 혼란스러웠죠.

독서와 리허설의 반복으로 가능해지는 빙의 무대

장 마음고생을 가장 많이 하셨던 책은 역시 《예루살렘의 아이히만》이었죠?

설 네, 저를 힘들게 했던 《예루살렘의 아이히만》은 반복해서 읽어도 내용 자체가 어려워서 정말 애먹었습니다. 세 번째 읽을 때쯤 되니까 유레카처럼 깨달음이 오면서 책에 담겨 있는 무거운 분위기가 끼쳐와 복잡한 생각이 들었어요.

저를 보고 많은 분이 빙의를 한다고 표현하시잖아요. 저는 배우의 역할이고, 책이 곧 시나리오라고 생각하거든요. 배우가 배역에 몰입하려면 공감을 해야 하는데, 아이히만의 입장으로 빠져드는 순간 기분 나쁜 불편함이 온몸을 휘감았지요. 배우분들이 왜 배역에서 빠져나오지 못해서 고통스러워하는지 그 때 알겠더라고요.

장 가장 많이 읽었던 책은 몇 번 정도일까요?

설 분량과 내용이 압도적이었던 《삼국지》를 제일 많이 읽었습니다. 그다음으로는 《사피엔스》를 많이 읽은 것 같아요. 《사피엔스》는 열 번 정도 읽었는데, 강독을 준비하기 전부터 제가 좋아하던 책이어서 더 그랬습니다.

책을 읽을 때마다 인상적인 부분에 형광펜을 치면서 읽어 내려갔습니다. 거듭 책을 읽다가 나중에는 형광펜 부분들만 빠르게 살펴보았습니다. 그리고 강독의 디테일을 잡는 작업을 시작했지요. 특히 표현방법을 많이 고민했습니다.

장 전달방법도 굉장히 다양했어요. 《삼국지》의 시작을 학살 장면으로 시작한다든가, 《하멜 표류기》는 1인칭으로 설명한다든가…. 녹화 현장에서 지켜볼 때도 정말 신기하고 매번 기대됐어요.

설 저는 책을 읽으면서 동시에 《하멜 표류기》나 《호밀밭의 파수꾼》처럼 1인칭 화자로 설명할까, 전지적 작가 시점으로 설명할까를 고민합니다.

이렇게 작업이 끝나면 우리 회사 연구원님들 앞에서 강독을 '시연'합니다. 일종의 리허설이죠. 보통 연구원님들 앞에서 2~3

번 정도 리허설을 진행하고, 〈요즘책방: 책 읽어드립니다〉 작가님들과 소통하면서 다듬어갔죠. 촬영 당일에는 가장 먼저 도착해서 다시 한번 그 앞에서 마지막 리허설을 했습니다.

이렇게 최소 4번 정도 리허설을 하고 피드백을 받아 수정한 뒤, 마지막으로 '경연의 장'에서 쏟아냅니다. 무엇보다 언제나 즐겁게 들어주셨던 청중들 덕분에 연습은 실전처럼, 실전은 즐기면서 할 수 있었습니다.

타고난 전기수, 설민석의 독서 방송 프로그램 독후감

장 특히 《호밀밭의 파수꾼》을 할 때 프롬프터를 한 번도 보지 않고 단숨에 이야기를 풀어내시던 선생님 모습이 인상 깊습니다. 이제 책 이야기를 해볼까요? 《설민석의 책 읽어드립니다》를 한마디로 정의한다면?

설 이 책을 한마디로 이야기하면 '대한민국의 전기수, 설민석의 독후감' 정도가 되겠죠. 예전에 책을 전문적으로 읽어주던 사람을 전기수傳奇叟라고 불렀습니다. 감사하게도 제가 어떤 것이든 쉽고 재밌게 전달하는 재능을 받아서, 이 책을 읽는 독자분들과 책에 쉽고 재밌게 접근하며 체험을 나누고 싶었습니다.

읽으면서 인상 깊게 느꼈던 부분들, 그리고 프로그램에서 각 분야 전문가인 패널분들과 토론했던 부분들, 거기에 제 감상이나 의견 그리고 못다 한 이야기들을 더한 설민석의 독후감이라고 말씀드릴 수 있겠네요.

장 TV 프로그램 〈요즘책방: 책 읽어드립니다〉와 《설민석의 책 읽어드립니다》의 가장 큰 차이점은 뭐라고 보세요?

설 〈요즘책방: 책 읽어드립니다〉는 책을 방송으로 표현해드렸다면, 《설민석의 책 읽어드립니다》는 방송을 다시 책으로 표현했다고 말씀드릴 수 있겠습니다.

방송에 나왔던 내용과는 기본적인 줄거리를 제외하고 최대한 겹치지 않게 이야기를 담았기 때문에 요즘들 좋아하시는 'TMI'라고 생각하시면 될 것 같아요. 우리 방송의 애시청자분들이라면 훨씬 더 즐겁게 읽을 수 있는 책이고, 혹시 방송을 놓치신 분들이라면 다시보기로 시청한 뒤, 읽어보면 이 책의 묘미를 10배는 깊게 느끼실 수 있을 것입니다.

책을 읽게 해주는 가교 혹은 초대장

장 방송에서는 29권을 다루었는데, 이 책에서는 다섯 권만 소개하고 있습니다. 이 다섯 권을 선정한 기준은 뭐지요?

설　방송에서 다룬 책 중 어느 것 하나 중요하지 않은 책은 없었습니다. 가만히 생각하다 독서를 한다는 것, 이 행위의 가장 큰 장점은 우리가 살아가는 데 도움을 주고, 교훈을 얻는 거라고 결론 냈습니다. 그래서 이에 맞춰 기준을 세웠어요.

2020년 초 코로나19 팬데믹으로 전 세계가 일시 정지되었고, 우리 사회도 경험해보지 못한 충격을 딛고 살아가고 있습니다. 이렇게 남과 거리를 두고 살아가고 있는 시간에 우리의 삶을 되돌아봐야겠다고 생각했죠. 너무나 감사한 존재임에도 늘 곁에 있기에 무관심했던 것들에 대해서 새삼 생각해보았습니다.

우리 성장의 토대인 땅, 그리고 서로가 그저 존재 자체로 더불어 살아가게 만들어주는 사람들. 이 모든 것들은 여전히 우리를 여기 있게 해주고, 숨 쉬게 하고, 꿈꾸게 만들죠. 이렇게 '땅地과 사람人'을 주제로 삼아 다섯 권을 뽑았습니다.

장　한 권 한 권에 대해 짤막하게 선정 이유를 말씀해주시죠.

설　책의 큰 주제인 땅은 지구에서 생명이 태동해 유유히 흐르는 원리를 다룬 《이기적 유전자》, 사람은 앞으로 우리 인류가 어디로 가야 하는지 살펴보는 《사피엔스》로 정했습니다. 또 하루가 다르게 급변하는 시대, 어떻게 돌변할지 모르는 전염병에 맞서 싸우는 군상을 《페스트》를 통해 만나보고, 혜경궁 홍씨의 《한중록》을 통해 그 절절한 기록을 따라가며 역사를 거울삼아 우리 미래의 근간을 만드는 '진짜 교육'을 생각해보고자 했습니다. 또 지금 우리가 겪고 있고, 앞으로 다음 세대가 살아가야 할 미래를 논하고자 제러미 리프킨의 《노동의 종말》을 선택했습니다.

세상이라는 전체적인 큰 숲을 그려내고 다섯 그루의 나무를 심어보았습니다. 여기에 열린 열매를 드시는 것은 이제 온전히 독자분들의 몫입니다.

장 어떤 사람들은 이런 문제를 제기할지도 모르겠어요. 이렇게 책을 요약해주면 소개된 책들을 안 읽는 것 아닐까, 하고요. 이런 우려에 대해서는 어떻게 생각하시나요?

설 저는 이 책을 이렇게 비유하고 싶습니다. 다섯 권의 작품으로 잘 꾸민 갤러리를 소개하는 브로슈어. 이것이 《설민석의 책 읽어드립니다》라고 생각합니다. 우리는 전시회 브로슈어만 꼼꼼히 읽고 나서 "나 전시회에 다녀왔어! 아주 재밌었지!"라고 말하지 않습니다. 그건 거짓말이잖아요.

삶 속에 우연히 찾아든 여행지 브로슈어를 만나 '여기 정말 괜찮겠다'라고 생각하면 출발할 수 있게 됩니다. 그런 징검다리가 되고 싶었어요. 《설민석의 책 읽어드립니다》는 순전히 다섯 권의 책을 읽게 만들기 위한 가교일 뿐이고, 목적지는 아님을 다시 한번 말씀드리고 싶습니다.

장 이제 공들인 브로슈어를 독자들게 건네드려야 할 순간인데요, 이 초대장과 함께 하고 싶은 말씀이 있으실까요?

설 이 초대장을 통해서 멋진 작품들을 만나고, 프로그램도 다시금 담아보는 즐거운 시간이 되시기를 바랍니다. 이 책을 통해 독자 여러분들 개인과 가족의 삶이 조금 더 나은 방향으로 변화하여, 우리 모두가 함께 사는 세상이 '멋진 신세계'처럼 빛나는 날이 되어 돌아왔으면 좋겠습니다.

〈요즘책방: 책 읽어드립니다〉 녹화 기간 동안 tvN 스튜디오를 찾는 내 마음은 시간이 지날수록 걱정에서 안도감으로, 그리고 점점 더 '오늘은 무슨 이야기를 나누게 될까' 하는 기대와 즐거움으로 바뀌었다. 나중에는 약간 질투심마저 느꼈다. 방송을 본 아내와 어머니가 설쌤의 팬이 되었기 때문이다.

인터뷰를 마친 지금 기분을 짧게 표현하라면 '행복하고 감사한 항복'이다. 아, '숙연함'도 추가하고 싶다. 설쌤, 안 보이는 데서 그렇게 준비하셨던 거군요. 왕의 경연을 준비하는 마음으로. 덕분에 패널들에게도, 시청자들께도 정말 의미 있는 시간이었습니다. 내 마음을 더 고백하면 잘 만든 초대장에 사족을 길게 다는 격이 될 것 같아 늦지 않게 물러나야겠다.

자, 다음 페이지부터 진짜 초대장 본문입니다!

2020년 5월

인터뷰와 글_장강명(소설가)

차례

지구,
유전자 생존기계들의 별

이기적 유전자
The Selfish Gene

리처드 도킨스

The Selfish Gene

　　　　　　　지구의 주인은 누구일까? 만물의 영장이라
고 하는 인간? 숫자가 가장 많은 곤충? 균? 이 책을 읽고 나면 지
구의 근원적인 주인이 유전자임을 부정하기 어렵게 된다. 지구상
에 사는 모든 생명체는 단지 유전자들이 올라타 자신의 삶을 영위
하는 생존기계일 따름이라는 명제에 고개를 끄덕이게 될 것이다.
유전자들이 자신을 보존하고 다음 세상에서 자신의 복사본을 남
기기 위해 자신의 이기적인 이익을 실현하는 과정에서, 지구상 모
든 것들의 운명이 결정된다. 콧대 높은 인간 또한 유전자라는 이기
적인 분자를 보관하고 전송하고 운반하기 위해 프로그램된 운반
로봇인 셈이다. 책은 이렇게 지구에 사는 모든 생명체의 존재원리
를 진화론적으로 설명하면서 우리 인류의 통합과 연대 그리고 인
간사회에 필요한 자연스러운 미덕이 무엇인지 돌아보게 한다.

과학 민초들에게도 흥미로운 생명 이야기

이 책 《이기적 유전자》는 지구에 사는 모든 생명체들에 관한 이야기입니다. 사실 전 《이기적 유전자》란 책에 그다지 관심이 없었습니다. 제 관련 분야도 아닌데다가 책의 두께는 선뜻 손을 뻗지 못하게 만들었으니까요. 〈요즘책방: 책 읽어드립니다〉에서 이 책이 선정되었을 때만 해도 대략 난감했죠. 그러나 책을 한 장 한 장 넘기면서 창조론에 바탕을 둔 저의 세계관은 (물론 저의 소신이 굳건해지는 결과를 가져오기는 했지만) 상당히 흥미롭게 재밌고 공감 가는 저자의 주장에 어느새 빠져들게 되었습니다.

어렵게만 생각했던 천문학이나 진화이론 같은 과학에 상당한 흥미를 느끼게 되다니… 제가 갑자기 과학 민초에서 벗어나 과학 귀족쯤으로 신분 상승을 하는 듯한 기분 좋은 착각을 하게 만드는 책이었습니다. 이것은 전적으로 저자 리처드 도킨스Richard Dawkins 덕분입니다. 리처드 도킨스는 《코스모스》의 저자 칼 세이건과 마찬가지로 자기 분야의 학문을 대중에게 쉽게 전달하는 데 뛰어난 능력을 가지고 있습니다. 과학적 지식이 있거나 관심이 있는 특별한 몇몇 사람만을 위해서가 아니라, 모든 이들이 쉽게 읽을 수 있도록 문제에 접근하고 풀어냅니다. 전문 분야의 대중화. 이 지점이 제가 이들에게 존경심을 가지는 이유입니다.

"우리 인간의 본능은 물론이고, 지금까지 인간이 만들어낸 모든 것들은 인간 내부 유전자들의 프로그래밍의 산물이다." 우리 인간은 오랫동안 자신을 '만물의 영장'으로 생각해왔기에 이러한 메시지가 충격일 수밖에요. 사실 이 메시지는 '네가 주체적으로 움직인 게 아니야. 유전자가 널 그렇게 행동하도록 조정한 거야'라고 말합니다. 이를테면 우리가 위대하다고 생각했던 어머니의 사랑도, 여성들이 이유도 모른 채 키 크고 다리 긴 남자에게 매력을 느끼는 것도… 우리가 당연시하며 지켜봐왔던 인간과 동물의 본능과 삶의 궤적들이 모두 유전자가 자신을 지키고 다음 세대에 전송하기 위한 본능에서 우러나온 프로그래밍이라는 것입니다.

저는 이런 시각이 이 책의 가장 큰 매력이라고 생각합니다. 처음엔 무슨 소리인가 헛웃음을 치지만, 책 중반을 넘어가면 '그러네'라며 고개를 끄덕이도록 만듭니다. 바로 이 때문에 이 책이 세월을 이기고 스테디셀러 목록에 올라 있는 거겠죠. 자, 이쯤에서 리처드 도킨스가 주장하는 또 다른 유전자의 세상, 그 비밀의 문을 열어보도록 하겠습니다.

우리는 유전자에게 조종당하는 로봇 태권브이

책의 시작은 지구의 탄생으로 거슬러 올라갑니다. 그들의 진화론적 논지를 간단히 요약해 보자면, 지구는 지금으로부터 46억 년 전에 태어납니다. 당시 지구에는 이산화탄소와 물, 암모니아, 메탄 등 단순 분자로 가득했죠. 만약 여러분 중 누군가가 시간여행에 성공해 46억 년 전으로 가겠다고 하면, 저는 단호하게 말리겠습니다. 결코 좋은 선택이 아니라고. 왜냐하면 그 과거에 도착하자마자 매캐한 가스에 중독되어 호흡곤란으로 곧 다음 세상을 준비할 운명에 처해질 테니까요. 그런데 그런 지구에 어떻게 오늘날 우리들과 같은 생명체가 살게 된 것일까요?

책에서 던져주는 번뜩이는, 그러나 무책임해 보이는 답은 다름 아닌 '우연'입니다. 까마득한 그 옛날, 태양과 달이 있었고 지구에 가득한 물 분자가 증발해 형성된 구름도 있었죠. 그 구름에서 만들어진 번개는 지구를 제멋대로 내리쳤을 겁니다. 그러던 어느 날이었습니다. 번개에서 나온 전류가 이산화탄소와 물을 만나게 되죠. 그 순간 유기물질인 단백질이 발견됩니다. 생명체 탄생의 순간입니다. 번개나 자외선이 내리쬘 때마다 항상 단백질이 합성되는 것은 아니라 어느 날 갑자기 아주 우연히 생명체가 탄생했다는 것이죠.

그렇게 세월이 한참 지나고 나서 우연히 이 단백질 분자들 가운데 A라는 분자가 자기복제를 시작합니다. 이 자기복제를 시작한 유전자가 모든 생명의 조상이 되는 것입니다. 이를테면 '아담' 정도로 생각하면 될까요? 그 유전자는 어느 날 아주 우연히 돌연변이를 일으켜서 또 다른 유전자를 복제하기 시작하니, 이것이 '하와'쯤 되겠습니다. 그리고 이 유전자들이 끊임없이 자신을 복제하다 변이를 일으켜 또 다른 유전자를, 그 유전자들이 변이를 일으켜 또 다른 유전자를… 이렇게 해서 수많은 유전자들의 세상이 왔다는 것이죠. 지금 소개한 이들이 최초의 생명체들인 것입니다.

탄생한 유전자가 스스로를 복제하기 시작한다? 그리고 그 복제한 유전자가 변이를 일으켜서 또 다른 유전자를 만들어 내기 시작한다? 이는 수억 분의 일의 확률이라 결코 쉽게 일어날 수 없는 일이었습니다. 하지만 이 어려운 우연으로 결국 생명이 탄생하고 여러 종의 유전자가 만들어진 거죠.

지구에 최초의 생명체가 등장하는 이 이야기는 어이가 없을 만큼 과학이나 논리와는 거리가 있어 보입니다. '우연'이 개입해서 역사가 이루어졌다는 설명이니까요. 어느 영화나 드라마에서도 이토록 극적인 '우연'은 그리 흔하지 않을 겁니다.

사실 저는 이 초반부터 몰입도가 떨어졌죠. 방송에서 강독해야 할 책이 아니었다면 이 부분에서 책을 덮었을지도 모릅니다. 그런데 독자 여러분에게는 절대 책을 덮지 말라고 권하고 싶습니다. 이 다음부터 우리가 생각하지도 못한 신기한 이야기들이 기다리고 있거든요.

번개와 가스와 물이 만나 생명체가 탄생한다는 것은 오늘날 과학실험에서도 확인할 수 있다고 합니다. 이산화탄소와 물을 넣은 플라스크에 전기 에너지를 가하면 2주나 3주가 지난 후에 아미노산이 생깁니다. 아미노산은 생물체를 구성하는 대표 물질 중 하나인 단백질을 구성하는 분자인데요, 이러한 실험은 최초의 생명체가 번개와 관련 있다는 것을 보여줍니다. 어쨌든 이 지구상에 생명체가 탄생한 순간은 분명 있었습니다. 그렇기에 오늘날 우리가 있는 거겠죠. 그렇다면 유전자가 우연히 자기복제를 하다가 돌연변이했다는 대목은 어떻게 설명될 수 있을까요? 저자는 축구 경기를 예로 들어 설명합니다. 만약 이 책을 읽는 당신과 설민석, 이적, 전현무, 윤소희, 장강명, 문가영 등 11명이 팀을 구성해서 책방 축구팀을 만들었다고 가정을 합시다. 그런 우리가 스페인의 FC바르셀로나와 축구 경기를 한다면 우리가 그들을 이길 확률은 얼마나 될까요? 저는 없다고 봅니다. 0에 수렴하겠죠. 그런데 축구 경기를 한 번, 두 번, 백 번, 천 번, 일억 번, 아니 천억 번 정도 하게 되면 어느 날 한번쯤은 우리가 이길 수도 있지 않을까요? 이것이 '우연 생명체의 탄생'이라는 것이에요. 이런 논지로 접근하니 저도 동감까지는 아니지만 공감을 하게 되고 다음 책장을 넘길 수 있게 되었습니다.

인류의 조상이 원숭이가 아니라 해조류?

최초의 생명체인 유전자는 지금의 우리처럼 생각할 수 있는 능력을 가지진 못했습니다. 오직 본능만 가지고 있었다는 겁니다. 자신의 생명을 보호하고 지속적으로 다음 세대로 전송하려는 본능. 이 유전자의 이기적인 본능은 자연스럽게 자신을 지켜줄 수 있는 그릇을 만들어냅니다. 그것이 세포막입니다. 아마 인간에 비유하자면 '성을 쌓는다(?)' 정도의 느낌으로 해석됩니다. 유전자는 이제 세포 안에서 살게 되죠. 그리고 계속해서 이런 여러 세포들이 만들어지고, 그 세포들이 모이고, 그것들이 유기적으로 결합해서 하나의 생명체가 탄생합니다. 이것이 식물이고, 동물 인간, 공룡, 원숭이, 코끼리 등 이라는 주장인 거죠. 결국 "이 지구상에 존재했던, 현재 존재하는 모든 생명체는 유전자를 지키고 운반하는 생존기계다"라고 저자는 표현합니다.

'생존기계'란 말에서 전 바로 로봇 태권브이를 떠올렸습니다. 쇠돌이가 로봇 머리에 탑승해 조종하는, 제가 어릴 때 봤었던 애니메이션 태권브이요. 이런 비유에 대입하자면 인간은 로봇이고, 유전자가 인간이 되겠죠. 하지만 저자는 유전자를 '프로그래머'에 비유합니다. 유전자가 실시간으로 직접 조종하는 것이 아니라 미리 인간이라는 로봇의 체계를 만들어놓았다는 거예요.

그런데 인간이 유전자의 최초 생존기계는 아니었습니다. 인간은 까마득한 후대에 만들어지죠. 그렇다면 이 지구에서 유전자들이 만들어낸 첫 번째 생존기계는 무엇일까요? 이 책에서는 자세히 다루고 있지는 않지만,《코스모스》에서 빌려오자면 바로 해조류였다는 것입니다.

해조류는 이산화탄소를 흡수해서 산소를 내뿜는 능력자였습니다. 이 능력은 지구를 산소가 가득한 행성으로 바꾸어버렸습니다. 이런 상황은 산소를 필요로 하는 수많은 생명체에겐 축복과 같은 사건이었죠. 반면, 당시 탄소로 가득한 환경에서 적응해 살아갔던 생명체들에겐 지옥의 문이 열리는 시간이었을 겁니다. 새로운 환경에 그들은 하나둘 죽어나가기 시작했

으니까요.

이후 숱한 시간이 흐르고 흘러 해조류에 이어 어류가 등장하고 어류는 육상으로 올라와 무척추동물이 되죠. 그리고 또 엄청난 시간이 흘러 이번엔 파충류가 나타나고 공룡이 등장합니다. 이 모든 일은 수십억 년에 걸쳐 이루어졌습니다. 현대 과학이 모든 것을 빠르게 변화시키는 것과 달리 생물의 진화는 어마어마한 시간을 필요로 했습니다. 이 모든 탄생과 진화가 아주 우연히 일어났음에도 말입니다.

생명체 운명을 결정하는 유전자의 생존전략

여러분, 혹시 과거 KBS에서 방영했던 〈불멸의 이순신〉을 기억하십니까? 저는 '불멸의 이순신'은 들어봤어도. '불멸의 유전자'라는 말은 이 책을 통해 처음 들었습니다. '첫째, 살아남는다, 둘째, 전송한다.' 이 두 가지 이기적 본능에 사로잡힌 '이기적 유전자'는 기발한 전략으로 생존기계를 만들어냈고, 그 생존기계에 자신을 보존하는 최적화된 방향으로 행동방식을 프로그래밍 하기 시작합니다. 책에 나오는 몇 가지 생존기계들의 행동방식생존전략을 예로 들어보겠습니다.

자, 호랑이와 토끼가 있습니다. 숲속에서 호랑이와 토끼가 만나면 누가 먼저 등을 보이고 도망갈까요? 당연히 토끼겠죠. 이유는, 토끼는 호랑이를 이길 수 없으며 도망가지 않으면 잡아먹힌다는 것을 알고 있어서입니다. 토끼는 본능적으로 도망갑니다. 그런데 이 판단의 주체가 토끼 자신이 아니라 토끼를 창조해내고 조종하고 있는 유전자의 프로그래밍에 의한 것이라는 겁니다. 왜냐하면 유전자는 자신의 생존기계를 지켜야 살아남을 수 있기 때문이죠. 반대로 호랑이를 조종하는 유전자는 토끼를 잡아먹고 소화해 자신의 생존기계의 근육과 뼈에 영양분을 공급해야 안전하게 살 수 있겠죠. 이렇게 따지면 작은 짐승이 큰 짐승을 보고 도망하는 것도, 큰 짐승이 작은 짐승을 쫓아가는 것도, 암수가 서로에게 끌려 2세를 생산하는 것도, 민들레꽃이 홀씨를 퍼뜨리는 것도… 이 세상 모든 만물의 이치가 각각 생존기계를 조종하는 유전자들의 프로그래밍 때문이라는 결론이 나옵니다.

근연도를 아십니까?

근연도는 가까울 근近 인연 연緣, 나와 가까운 정도를 뜻하는 말입니다. 자, 당신이 배우자를 만나서 2세를 낳았다고 가정해봅시다. 그 아이가 당신의 유전자를 그대로 전송할 확률은 몇일까요? 책에서는 50퍼센트라고 말합니다. 그래서 아이와 당신의 근연도는 2분의 1입니다. 그리고 나와 내 형제의 근연도도 2분의 1입니다. 부모의 근연도를 반반 나누어 가졌을 것이라고 추정되니까요. 그러면 내 형제의 자식인 조카가 내 유전자를 나누어 가졌을 확률은 얼마일까요? 간단히 계산이 되죠. 4분의 1입니다. 그래서 조카보다 내 아이가 예뻐 보이는 것입니다.

그리고 조카에서 8촌, 12촌으로 넘어갈수록 우리는 친척이라고는 하나 남과 다를 바 없이 느껴집니다. 그 이유는 근연도, 즉 나와 같은 유전자를 소유했을 확률이 점점 낮아지기 때문입니다. 그래서 그 생명체에 대한 관심과 애정도 줄어들 수밖에 없겠죠. 그렇다면 근연도가 1인, 즉 나와 똑같은 유전자를 공유하고 있는 생명체도 존재할까요? 있습니다. 바로 쌍둥이입니다. 책에서도 쌍둥이의 근연도를 1이라고 이야기하고 있습니다.

그런데 저는 이 부분을 읽으면서 공감과 동시에 의구심도 들었습니다. 부모와 자식의 근연도가 2분의 1, 즉 50퍼센트라면 부모와 손자의 근연도는 4분의 1일 텐데 왜 할아버지는 자

유전자 근연도

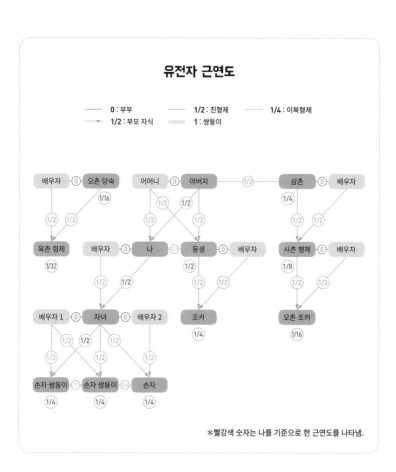

— 0 : 부부   — 1/2 : 친형제   ⋯⋯ 1/4 : 이복형제
→ 1/2 : 부모 자식   ═ 1 : 쌍둥이

배우자 —0— 오촌 당숙   어머니 —0— 아버지 ——1/2—— 삼촌 — 배우자
                          1/16

육촌 형제   배우자 —0— 나 —1/2— 동생   사촌 형제 —0— 배우자
  1/32   1/2   1/8

배우자 1 —0— 자녀 —0— 배우자 2   조카   오촌 조카
                                  1/4   1/16

손자 쌍둥이 —1— 손자 쌍둥이   손자
  1/4   1/4   1/4

＊빨강색 숫자는 나를 기준으로 한 근연도를 나타냄.

식보다 손자를 더 예뻐할까요? 쌍둥이의 근연도가 1이라면 부모가 자식을 사랑하는 것보다 서로를 더 많이 사랑해야 하는 거 아닐까요? 부모가 자식을 위해 목숨까지도 바쳐 사랑하는 이유를 근연도 2분의 1로 설명하고 있는데, 같은 근연도인 형제끼리는 왜 역사 속에서 죽고 죽이며 싸웠을까요? 저자는 이 부분에 대한 답을 정확하게 밝히고 있지는 않습니다. 그러나 형제간의 관계는 자세히 밝히고 있는데요. 권력과 돈 앞에서는 왜 형제가 아닌지, 왜 가족이 아닌지를 설명하고 있습니다.

'형제의 난'은 지구촌의 보편적 풍경

근연도만 따지면 부모와 같은 2분의 1임에도 불구하고 형제끼리는 어째서 서로 경쟁하고 갈등을 빚는 것일까요? 저자는 한정된 권력 혹은 재화를 형제끼리 나누어야 하는 필연적인 상황 때문이라고 설명합니다. 그러면서 뻐꾸기 형제들을 예로 듭니다. 뻐꾸기 형제들은 같은 부모에게서 태어났으니 서로 근연도가 같습니다. 근연도 이론대로라면 이들 형제는 사이좋게 잘 지내야 하겠죠. 그런데 먹이가 한정되어 있다는 정황을 고

이기적 유전자

려하면 어떻게 될까요. 뻐꾸기 부모는 이 형제들을 충분히 먹일 수 있는 먹이를 구하기가 힘들어집니다. 이때, 형제들은 저마다 짹짹거리기 시작해요. '나야, 나부터 줘.'

한정된 먹이를 최대한 빨리, 최대한 많이 먹기 위해 새끼 새들은 앞다퉈 어미 새를 조르는 거예요. 어쨌든 나부터 살고 봐야 하잖아요. 그런데 이 소리를 어미 새만 듣는 것은 아닙니다. 근처 야생동물들도 이 형제들의 짹짹거림을 들어요. 다만 야생동물들의 귀에는 좀 다르게 들릴 겁니다. '여우야, 여우야~ 우리를 잡아먹어줘!' 새끼들의 짹짹거림은 근처 야생동물에게 자신들의 위치를 알려주는 신호가 된 셈이죠. 저자는 이 신호 속엔 이런 암시도 있다고 말합니다. '내 형제를 죽여줘!' 그래서 저자는 뻐꾸기의 짹짹거림을 형제들에게 총구를 들이대는 것과 같다고 말해요. 결국 '천적의 공격 위험을 감수하면서까지 한정된 먹이를 내가 더 많이 가지겠다'는 이기적인 유전자의 프로그래밍에 의해서 경쟁관계에 놓인 형제들은 숙명적으로 갈등을 빚을 수밖에 없다는 이론입니다.

이러한 정황은 우리 인간에게도 해당됩니다. 인간사회에서 먹이는 돈 또는 권력 등으로 비유될 수 있겠습니다. 제 전공이 역사이니 우리나라 역사에서 사례를 찾아보죠. 후백제의 건국 시조 견훤의 아들 신검이 왕이 되기 위해 막내동생을 죽인 것도, 고려의 건국 시조 왕건의 아들들이 서로 왕이 되기 위해 상대를 무참히 죽고 죽인 이야기도, 조선의 건국 시조 이성계의 아들 이방원이 자신의 두 동생을 잔혹하게 죽인 것도 다 설명됩니다.

뿐만 아닙니다. 세계사에서도 흔히 예를 찾을 수 있는데요. 하느님의 사랑을 독차지하기 위해 동생 아벨을 죽인 카인의 유대 역사로 시작되어, 로마의 건국 시조인 로물루스는 권력 독점의 욕망으로 쌍둥이 동생 레무스를 죽였으며, 과거 오스만제국의 마호메트 2세는 술탄에 오른 이후 형제를 죽여야 한다는 법까지 만듭니다. 이런 형제간의 필연적이고도 비극적인 숙명은 오늘날 재벌가의 유산 및 상속 분쟁에서도 흔히 볼 수 있지요. 근연도는 부모와 같은 2분의 1이지만 서로가 서로를 죽여야 한정된 재화를 독차지할 수 있는 비극적 운명, 그 이름은 '형제'인 것입니다.

모든 생명체의 가족계획

유전자는 정말 많은 계획을 세우고 있어요. 생존에서부터 삶의 방식까지 모든 것을 계획하죠. 이렇게 철저한 유전자인

만큼 번식에서도 큰 계획을 세우고 있죠. 일명 '가족계획'입니다. 우리는 지금까지 우리의 모든 판단과 본능을 유전자의 프로그래밍이라고 설득당했습니다. 그렇다면 당신에게 물어보겠습니다. 당신의 유전자를 다음 세대에 남기기 위해서 당신은 무조건 자식을 많이 낳겠습니까? 아니면 한두 명의 자식을 낳고 정성스럽게 키우겠습니까? 어느 쪽이 당신의 유전자를 다음 세상으로 전달하기에 유리할까요?

책에서는 찌르레기를 예로 들어 설명합니다. 여기 두 마리의 찌르레기가 있어요. 하나는 A이고, 다른 하나는 B예요. 먼저 A에겐 주변에 찌르레기 무리가 많은 것처럼 짹짹거리는 소리를 들려주는 실험을 합니다. 반대로 B에겐 조용한 환경을 설정하고 어쩌다 다른 찌르레기가 짹짹거리는 정도로 녹음한 소리를 들려주죠. 그랬더니 어떤 일이 일어났는지 아십니까? A찌르레기는 알을 적게 낳고, B찌르레기는 알을 많이 낳았다는 거예요. 이 연구가 의미하는 바는 무엇일까요?

A는 이렇게 생각했을 테죠. '어, 주변에 찌르레기가 많네. 여기서 알을 많이 낳아봤자 먹이가 부족할 거야. 그럼 내가 낳은 생존기계를 다 살릴 수 없겠지. 그냥 적게 낳고 잘 키우자.'

B는 이렇게 생각했겠죠. '오! 주변에 한두 마리밖에 없네. 내가 낳은 생존기계들이 먹이 경쟁을 하지 않아도 되겠는걸.

최대한 많이 낳아야지.'

이 둘의 목적은 같아요. 최대한 유전자를 많이 번성시키는 것이죠. 단지 처해진 상황에 따라 방법이 다를 뿐입니다. 인간도 마찬가지입니다. 조선시대를 예로 들어볼까요? 조선시대는 일부일처제지만 상황에 따라선 첩을 둘 수도 있었어요. 이를 '처첩제'라고 부릅니다. 그런데 첩은 왜 둘까요? 다음 세대에 자신의 유전자를 최대한 많이 남기고자 하는 욕망으로 설명됩니다. 그런데 가난한 농민은 첩을 둘 수 있었을까요? 물론 법적으로는 가능했습니다. 다만 내가 굶어 죽게 생겼고, 하나 있는 내 자식, 즉 유일한 생존기계도 간수하지 못하는데, 첩을 두고 첩과 낳은 자식들을 부양한다는 것은 유전자 생존 번식 이론에 맞지 않잖아요. 그래서 첩을 두지 않은 것입니다. 반면, 왕이나 양반은 최대한 여러 명의 첩을 두고 최대한 많은 자식을 낳으려 합니다. 그럴 만한 권력과 능력이 있으니 아무리 많은 자식을 낳아도 다 부양할 수 있고 번성시킬 수 있는 거죠. 이처럼 유전자는 주변 상황이나 자신이 타고 있는 생존기계가 처한 상황에 따라 각기 다른 선택을 합니다. 이것이 바로 모든 생명체, 즉 유전 생존기계가 실행하는 가족계획입니다.

흥미롭지만 조심스러운 암수 번식 이야기

암수 번식에 관한 이야기는 이 책에서 가장 흥미롭고 재미있는 부분입니다. 하지만 조심스럽습니다. 왜냐하면 저자가 암컷을 착취당하는 포지션에 두고 있기 때문이죠. 이는 오늘날의 보편적 인식과 부합하지 않을 수도 있고, 어떤 독자들에게는 공감을 이끌어내지 못할 수도 있어요. 다만 《이기적 유전자》의 출간연도가 1976년도였다는 것을 염두에 두시면 좋을 것 같습니다. 자, 그럼 본격적으로 암수 번식에 관한 이야기를 해볼까요? 먼저, 암수 번식에 대한 저자의 견해를 살펴보겠습니다.

이상적으로 개체가 '바라는' 것은 가능한 한 많은 이성과 교미하고 자식 양육은 상대에게 전적으로 떠맡기는 것이다. (중략) 동식물을 통틀어 수컷을 수컷, 암컷을 암컷이라고 명명하는 데 사용할 수 있는 한 가지 기본적인 특징은, 수컷의 생식세포는 암컷에 비해 매우 작고 그 수가 많다는 것이다. (중략) 큰 생식세포를 가진 무리를 편의상 암컷이라고 부르기로 한다. 다른 무리는 편의상 수컷이라고 부르기로 하자.

수컷은 하루에도 수천 개, 수만 개의 생식세포를 만들 수 있습니다. 반면 암컷의 생식세포는 한 달에 하나만 만들어집니다. 게다가 훨씬 크죠. 이것이 우리가 알고 있는 정자와 난자의 차이입니다. 인간을 예로 들어보면, 남성의 생식세포가 하는 일은 열심히 헤엄쳐 여성의 생식세포에 도달하는 것뿐입니다. 말 그대로 착상된 이후의 일은 모두 여성의 책임이 되어버립니다. 저자는 수많은 시간 동안 뱃속에 새로운 생존기계를 잉태하는 것도, 낳는 고통도, 젖을 만들어 먹이거나 양육하는 것도 모두 여성의 몫이라고 말합니다. 저자의 이론에 따르면 여성은 착취당하는 포지션인 거예요. 이렇다 보니 상대적으로 남성보다는 여성이 상대를 고를 때 신중할 수밖에 없다는 겁니다.

자, 동물로 확대시켜보겠습니다. 저자는 암컷과 수컷을 전략에 따라 각각 두 유형으로 나눕니다. 암컷은 조신형과 경솔형으로, 수컷은 성실형과 바람둥이형으로 분류하고 있죠.

조신형 암컷은 수컷이 수 주간에 걸친 길고 힘든 구애를 거치지 않으면 수컷과 교미하지 않는다. 경솔형 암컷은 누구와도 즉시 교미한다. 성실형 수컷은 장기간 구애를 지속할 인내력이 있고 교미 후에도 암컷 곁에 머물러 양육을 돕는다. 바람둥이형 수컷은 암컷이 즉시 교미하지 않으면 곧바로 다른 암컷을 찾아갈뿐더러…

이 네 전략은 그 행동방식이 다를 뿐 목적은 같습니다. 위에서부터 계속 말해왔던 유전자의 생존본능이죠. '내 유전자를 다음 세대에 남기기에 가장 좋은 전략은 무엇인가?' 독자 여러분의 생각은 어떤가요? 제 주변 분들은 대부분 경솔형과 바람둥이형이라 답했습니다. 그런데 책에선 조신형과 성실형이 자신의 유전자를 더 많이 다음 세대로 전송시킬 수 있다고 말하고 있습니다. 이는 막연한 추측이 아닙니다. 저자는 과학자답게 꼼꼼한 계산을 하죠.

이 복잡한 식을 간단히 이야기하면 이렇습니다. 나의 유전자를 반이나 품고 있는 자식을 잘 양육하려면 비용이 필요할 텐데요. 상대를 조신형이나 성실형으로 택한다면 평생 안정적인 가정을 꾸려가며 그 비용을 절반씩 부담할 것입니다. 하지만 상대가 경솔형이거나 바람둥이형이라면 말 그대로 바람과 함께 사라질 것이고, 자식 양육의 비용을 나 혼자 부담하게 될 테니 상당히 부담이 되겠지요. 그러고 보니 '여성들이여 성실형을, 남성들이여 조신형을 선택하라'는 이야기로 들릴 수 있겠네요. 이 두 유형이 만나 태어난 생존기계는 위험세력들로부터 안전하게 성장할 확률이 높으며 질적으로도 훨씬 높은 지점에 도달할 수 있을 테니까요.

물론 이 이론만으로는 설명할 수 없는 선택들이 있죠. 오늘날 상황은 훨씬 다변화된 데다 개개인의 생각이나 취향 역시 몹시 다양하니까요. 하지만 영유아 사망률이 높고 위험이 많았던 과거의 기준으로 본다면 충분히 공감할 수 있는 부분입니다. 저자도 "이 이론은 대체로 동물의 상황엔 일치하지만, 인간은 여러 경우의 수를 두고 있다"고 말합니다.

다리 긴 남자가 인기 있는 이유

우리 인간세계에서 남성에 대해 들이대는 미의 기준 중 하나가 바로 큰 키입니다. 여성은 대체로 키가 큰 남자를 선호하죠. 사실 전 어릴 때부터 키가 작은 편이었기에 여자아이들의 이 같은 선호도를 이해할 수 없었어요. 그래서 키 큰 남자가 왜 좋은지 물어봤죠. 돌아온 대답은 다양했어요. 멋지다, 포근하게 나를 지켜줄 것 같다….

논리적이지 않았어요. 멋지다거나 지켜줄 것 같다는 답은 저를 설득시키지 못했죠. 심지어 '지켜줄 것 같다'는 대답에선 이런 생각마저 드는 거예요. '아니, 지키긴 뭘 지켜. 총도 없고 칼도 없는데.' 총칼이 필요치 않은 사회에서 '지킨다'는 표현은 허무맹랑하게 들리기도 했죠. 그런데 리처드 도킨스가 그 이

유를 진화론으로 설명하는 대목에선 고개를 주억거릴 수밖에 없었어요. 상당히 공감이 가더군요. 참고로 분명히 말씀드리지만 지금부터 하는 이야기는 저자인 리처드 도킨스의 개인적 의견임을 지면을 통해 밝혀두겠습니다. 그의 워딩을 인간에 대입하면 대략 이렇습니다.

과거 인간은 포식자를 피해 도망갈 일이 많았습니다. 이때 다리가 긴 남성은 빨리 달릴 수 있으니 목숨을 구하기에 훨씬 유리했을 거예요. 반대로 사냥에도 유리했겠죠. 힘은 무게와 속도에 비례하니 덩치가 큰 남자는 다양한 위험으로부터 여성을 지켜줄 수 있는 확률이 높았을 거예요. 그때 나를 지켜준 그 남자의 기억이 무의식 속으로 전송되어 오늘날 나를 지켜줄 것만 같다는 판단을 낳게 하죠. 진화심리학의 산물인 겁니다.

과거 여성들은 다리가 긴 남성을 보고 이렇게 생각했을 거예요. '아! 저 남자와 짝을 이루어야 내 자식도 다리가 길겠구나. 그럼 내 아들도 포식자로부터 내 유전자를 지킬 확률이 높아지겠네. 그리고 내 아들의 다리가 길면 여성들이 내 아들에게 관심을 보일 테니 그럼 유전적으로 우월한 여성을 고를 수도 있을 거 아니야?' 여성이 다리 긴 남자를 좋아하는 것 역시 유전적으로 프로그래밍 되어 있다는 것이죠. 이로써 많은 여성

이기적 유전자

분들이 키 큰 남성을 좋아하는 이유가 자신의 유전자를 보호하기 위한 이기적 결정이라는 결론에 도달하게 됩니다.

생식세포가 결정하는 암수의 엇갈린 전략

저자는 또한 이 파트에서 흥미로운 논지를 제시합니다. 동물들의 세계에서 수컷은 암컷의 선택을 받기 위해 목숨을 내놓고 있다는 이론인데요. 보통 동물은 암컷이 아름다울까요, 수컷이 아름다울까요? 많은 분들이 알고 있듯, 책에서도 수컷이라고 이야기합니다. 화려한 꼬리깃을 펼치는 공작도, 멋진 갈기를 휘날리는 사자도 모두 수컷이잖아요. 대부분의 동물 수컷이 아름다운 외모를 하고 있는 이유는 무엇일까요?

저자는 이에 대한 답을 생식세포와 연관 지어 설명합니다. 암컷은 수컷에 비해 생식세포난자의 크기가 큰 데다 한 달에 한 개밖에 못 만들고, 잉태하는 쪽도 암컷이며 임신 기간도 길고사람의 경우 약 1년, 낳은 뒤 양육을 책임지는 쪽도 대부분 암컷입니다. 그러니 암컷에게는 여러 수컷과 교미하기보다는 가장 우월한 수컷을 신중하게 고르려는 본능이 있습니다. 반면, 수컷은 매일 수많은 생식세포를 만들어낼 뿐 아니라 잉태와 양육에 부담이 없기 때문에 최대한 많은 암컷과 교미해 자신의 생존기계를 남기고 싶어 하죠. 그러니 수컷은 늘 암컷의 선택을 받아야 하는 처지이고, 선택 받기 위해서 수컷은 자신의 외모를 최대한 꾸밀 수밖에 없다는 겁니다.

그런데 문제는 화려한 외모가 암컷에게만 돋보이는 게 아니라 포식자들의 눈에도 띈다는 것입니다. 보호색을 띠고 숨어도 모자랄 판에 화려한 색깔과 거추장스런 형태로 치장한다는 건 '날 잡아 잡슈~'라는 신호로 작동할 수도 있죠. 그런데도 수컷은 아름다운 외모를 포기하지 못해요. 내 몸 안의 유전자를 보호하는 걸 첫 번째 프로그래밍이라고 한다면, 내 몸의 유전자를 최대한 많이 전송하는 것이 두 번째 프로그래밍이기 때문이죠. 그래서 저자는 "포커 판의 도박꾼처럼 불안한 패로 승부수를 던지는 것이 수컷이다"라고 말합니다.

그런데 혹자는 의문을 제기할 수 있을 것입니다. '다 알겠는데요. 그런데 왜 인간은 여성들이 더 열심히 치장하고 아름다움을 추구하죠?' 저자는 아쉽게도 거기에 대한 명확한 해답은 내리지 않은 채 왜 인간은 이럴까, 의문을 던지고 마무리합니다. 어쨌든 저자의 주장은 지구상에 있는 대부분의 동식물에 잘 맞아떨어지는 듯합니다. 유독 인간에 대해서만은 설명하기 어려운 부분들이 있는데, 이 부분에 대한 답으로 저자는 새로

이기적 유전자

운 이론을 제시합니다. 바로 '밈meme'이죠.

인간만 가진 독특한 문화 유전자, 밈

인간 역시 동물입니다. 그런데 인간은 여느 동물에서는 찾아볼 수 없는 독특한 특징들을 가지고 있습니다. 이를테면 모든 인간은 생육하고 번성해야 하는데, 종교 지도자의 길을 택해 부부의 연을 맺지 않는 스님, 신부님들, 수녀님들은 어떻게 설명해야 할까요? 또 나라와 민족을 위해, 혹은 종교적 신념 내지는 이데올로기를 위해 자신의 목숨을 던지는 수많은 이들의 행동은 어찌 설명해야 할까요?

이 부분에 대해 저자는 인간만이 가지고 있는 문화적 유전자인 밈meme 개념으로 답합니다. 밈은 '모방'을 뜻하는 그리스어 '미멤mimeme'에서 가져온 말로, 저자가 유전자를 뜻하는 진gene처럼 1음절로 만든 단어입니다. 저자가 만들어낸 단어죠. 가령 사상, 종교, 음악, 미술, 철학 등이 다른 동물들에게는 없는 문화적 유전자 밈의 예입니다. 생물학적 유전자는 '생식'을 통해 이 몸에서 저 몸으로 건너가는 데 반해, 이 밈이라는 문화적 유전자는 '모방'이라는 과정을 거쳐 이 뇌에서 저 뇌로

옮겨갑니다. 이 때문에 사람들은 생각, 스타일, 행동양식 등을 모방하거나 복제할 수 있게 됩니다.

밈은 어떤 측면에서 생물학적 유전자보다 더 강한 생명력을 가지고 있기도 합니다. 예를 들면 수천 년도 더 된 공자가 만든 유학사상은 수많은 모방과 교육을 통해 중국과 아시아의 역사를 뒤바꿔왔습니다. 오늘날 우리도 어른을 만나면 고개 숙여 인사하고 자리를 양보하는 등 공손한 예의를 갖추는 생활양식을 그로부터 전수받고 있습니다. 미술 분야의 예를 들면 그리스 로마 시대의 자유로운 인간중심적 표현이 천 년의 시간을 뛰어넘어 르네상스로 이어지고 오늘날까지도 많은 인간중심의 문화에 영향을 주고 있는 점, 그리고 우리 아이들이 피아노를 처음 배울 때 바이엘과 체르니를 답습하며 베토벤과 모차르트의 사조를 연주하는 것 등도 밈의 예라고 할 수 있겠네요.

정리하자면 인간은 이기적 본능을 지닌 유전자의 프로그래밍도 어찌할 수 없는, 인간만의 독특하고 강렬한 문화적 유전자인 밈의 조종을 받아 역사와 문화를 만들어가는 것이라고 할 수 있겠습니다.

이기적 유전자

이기심의 멋진 아이러니

자, 그러면 이 책이 우리에게 이야기하려는 점은 무엇일까요? '인류가 번개 맞아 태어났고, 그 숭고한 어머니의 사랑도 결국은 어머니를 조종하는 이기적 유전자의 프로그래밍이며, 형제간의 경쟁과 갈등도 피할 수 없는 비참한 숙명이다' '여자들이 키 큰 남자를 좋아하는 건 다 유전자의 생존전략이다'라는 신기하고 흥미로운 주장만을 늘어놓는 책이라고 단정한다면, 이 책을 제대로 읽은 게 아닙니다.

사실 저자가 우리에게 던지는 가장 묵직한 메시지는 사람들 간의 협력에 관한 것입니다. 나를 지키고자 하는 유전자의 이기적인 프로그래밍은 불변입니다. 그렇다고 서로 자기만 살겠다고 한다면 과연 이 세상은 뭐가 될까요? 이기심으로만 가득한 인간들만 꽉 차 있다면 지구는 반목과 갈등과 분열과 파괴와 멸망과 멸종으로 치달을 것입니다. 그러나 남을 먼저 배려하고 보호한다면 그 남이 결국 내가 될 수도 있겠지요. 서로를 지켜주고 함께 협력하는 것은 내 몸속 이기적 유전자를 지키는 가장 좋은 방법일지도 모릅니다.

예전에 이런 이론이 있었습니다. 다윈Charles Darwin이 주장한 이른바 '적자생존適者生存, Survival of the fittest'이론인데요. 환

경에 적응하는 개체나 종만 살아남고 그렇지 못한 종은 도태
된다는 것입니다. 적자생존은 우승열패, 즉 우월한 것은 승리
하고 열등한 것을 패한다는 이론을 낳게 되는데요. 우승열패
는 결국 '이 세상은 강한 생명체만 살아남게 되어 있다. 그것
이 자연의 섭리다'라는 주장을 담고 있죠. 그런데 말입니다. 이
러한 이론이 인간세계에 반영되고 정치적으로 활용되면 치명
적 위험을 수반합니다. 다윈의 진화론을 바탕으로 인간사회에
우승열패를 대입했던 최초의 인물, 영국의 철학자 허버트 스
펜서Herbert Spencer를 예로 들어보겠습니다. 그는 우등한 인간
에게 열등한 인간이 지배당하는 건 '자연의 법칙自然法則, law of
nature'이라고 했죠. 이 이론은 영국을 비롯한 유럽 열강과 일본
이 다른 국가를 침략해 식민지로 만드는 것에 명분을 주었습
니다.

'우수한 우리가 열등한 너희를 지배할 거야. 이것은 자연의
섭리야' 따위의 사고방식은 다른 인종, 약소민족에 대한 가혹
한 폭력을 정당화시키는 변명으로 활용됩니다. 놀라운 건, 오
늘날에도 어떤 사람들은 우승열패 이론을 내세우는 것에 거
리낌이 없다는 거죠. 일례로 최근 세계를 휩쓴 코로나19 사태
당시 프랑스의 몇몇 의료기관 전문가들이 '아프리카에서 코
로나19 백신을 테스트해보자'고 제안하는 일이 벌어졌습니다.

이기적 유전자

'아프리카는 치료할 능력이 없으니 임상실험은 이런 곳에서 해야 한다'는 논리였죠. 이들은 '검증되지 않은 치료로 아프리카인이 죽는 사태가 발생해도 어쩔 수 없잖아. 어차피 우리가 아니면 치료조차 받지 못하고 죽을 텐데'라는 어이없는 생각을 한 것입니다. 식민지 시대에 자행했던 그 많은 학살과 수탈에 대한 반성, 혹은 최소한의 인류애를 생각했다면 이런 말은 결코 나올 수 없었을 겁니다.

그런데 정말 이렇게 가혹한 이론만이 '자연법칙'일까요? 저자는 인간의 유전자 역시 그 근본은 이기심일망정 약한 자를 돕도록 설계되어 있다고 말합니다. 그래서 나온 이론이 '상호부조론相互扶助論'입니다. 러시아의 철학자 표트르 크로폿킨Pyotr Alekseevich Kropotkin은 '상호부조론'을 자연법칙 중 하나라고 말합니다. 상호부조란 상호간에 서로 돕는다는 뜻인데요. 약육강식으로 이긴 종만이 살아남는 것이 아니라 상호부조를 한 종이 더 우수한 형태로 살아남는다는 게 그의 주장입니다.

지난 역사를 봐도 약육강식이나 우승열패는 세계를 혼란에 빠트릴 뿐이었습니다. 제국주의 국가들이 그들의 이기심을 기치로 침략이라는 카드를 꺼냈을 때 세계는 끔찍한 학살의 역사를 마주해야 했죠. 만약 이러한 일이 제2차 세계대전 이후에도 계속되었다면, 우리 인간종은 이미 지구에서 사라졌을지도 모릅니다. 다행히 인간은 '상호부조'라는 카드를 꺼내 들고 서로 평화롭게 공존하는 사회를 선택했죠. 하지만 아직도 세계 곳곳에 분쟁 지역이 남아있으며 수많은 사람이 여전히 고통스러운 상황에 놓여 있습니다. 그래서 우승열패보다 상호부조, 적자생존보다 협력과 연대의 이념이 이 세상의 질서가 될 수 있기를 바라는지도 모르겠습니다.

이기적 유전자

뒷담화

자연세계도 인간세계도
이기적이지만은 않다

《이기적 유전자》를 오독하는 분들은 대부분 이렇게 생각합니다. '자신밖에 모르는 이기적인 본능의 유전자로 구성된 인간. 그 인간은 자신밖에 모르는 이기적인 존재로 살아가도록 프로그래밍 되어 있다. 그래서 나의 이익을 위해 너를 잡아먹어야 하고 내가 성공하기 위해 너를 밟고 올라서야 하는, 이것은 우리의 숙명인 것이다. 그래서 이 세상은 적자생존 약육강식이 난무하는 서바이벌의 공간이구나. 이것이 이기적 유전자구나'라고 말이죠.

그러나 이 책의 저자 리처드 도킨스가 독자에게 강조하려 했던 말은 이기심이 아닌 이타심입니다. 내가 잘 살기 위해서는 남을 도와야 하고, 그건 거시적으로 나뿐만 아니라 모두가 잘 살 수 있는 유일한 길이라는 것이죠. 앞서 소개한 러시아 혁명가 표트르 크로폿킨의 '상호부조론'과 일맥상통합니다. '상호부조론'의 아버지 크로폿킨은 자신의 저서 《만물은 서로 돕는다Mutual Aid: A Factor of Evolution》에서 수많은 사례를 들어 동물 세계에서도 살아남기 위한 경쟁보다는 상호 연대를 한 종들이 훨씬 생존에 유리했다는 것을 생물학적이고 진화론적 관점으로 증명합니다. 그리고 동물세계와 마찬가지로 인류도 서로 돕고 보살펴왔던 공동체 형성의 역사가 있었기에 현재까지 생존할 수 있었다고 주장합니다.

저도 그 이론에 깊이 공감합니다. 자신의 이익을 위해 서로가 서로를 해치려 든다면 이 세상에 존재할 생명 종이 무엇이 있겠습니까? 하지만 상대에게 배려하고 양보하고 협력하는 모습을 보이는 이들로 이 세계가 가득하다면 그 배려의 대상이 내가 되고, 양보의 대상이 우리 가족이 될 수 있으니, 너도 나도 모두가 잘 살 수 있지 않겠습니까.

《이기적 유전자》가 제목에서 풍기는 뉘앙스와는 달리 인간의 연대와 상호부조를 강조하고 있음을 독자 여러분들은 잊어서는 안 될 것입니다.

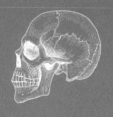

감추고 싶지만
엄연한 인류의 비밀

사피엔스
Sapiens

유발 하라리

유발 하라리는 수만 년 전 지구상에는 최소 여섯 가지 인간 종이 살고 있었다고 말한다. 유인원, 오스트랄로피테쿠스, 호모 에렉투스, 네안데르탈인, 호모 사피엔스 들이 지구에 차례대로 등장한 것이 아니라 한 시기에 공존했다는 것이다. 우리가 알고 있던 상식의 전복, '인류의 진화과정'이 순차적으로 일어난 것이 아니라 '어떤 사건의 결과'라는 주장이다. 그의 말이 맞는다면, 과연 그 시대 그 장소에서는 무슨 일이 벌어졌던 것일까? 호모 사피엔스가 조직적으로 협력해서 다른 종들을 멸종시켰고, 현생인류는 형제 살해범의 후손이라는 것. 이 책은 별 볼 일 없었던 인류의 조상 유인원들이 어떻게 지구의 주인이 될 수 있었는지를 세 가지 '혁명'의 예를 들어 풀어나간다.

인류사를 꿰뚫는 사이다 같은 책

인간, 우리는 모두 인간입니다. 인간이란 무엇일까요? 우리는 어디서 왔고, 과연 무엇이 되려고 하는 걸까요? 이런 근본적인 질문에 명쾌하게 답을 하는 사이다 같은 책이 있습니다. 2011년 유발 하라리Yuval Noah Harari의 책이 이스라엘에서 출판됩니다. 책의 저자인 유발 하라리는 대중에게 알려진 인물은 아니었죠. 대학에서 역사학을 가르치는 교수였습니다. 그런데 이 책은 놀라울 정도로 빠르게 소문을 탑니다. 그도 그럴 것이 방대하고 복잡한 인류의 역사를 날카롭고 통찰력 깊은 시선으로 분석한 이 책은 역사 전공자가 아니어도 쉽게 읽히도록 만들었으니까요.

2015년 11월 우리나라에서도 출간되어 지금도 많은 사랑을 받는 그 책, 《사피엔스Sapiens》 이야기입니다. 책 제목으로 쓰인 '사피엔스'는 현생인류를 지칭하는 말로 '슬기로운 사람'이란 뜻입니다. 하라리는 책에서 "우리는 뻔뻔스럽게도 스스로에게 '호모 사피엔스'란 이름을 붙였다"고 말합니다. 여러분, 저 이름처럼 과연 우리 종은 슬기로운 존재일까요? 만물의 영장이며 이 지구를 지배하는 참된 주인이라고 자부할 수 있을까요? 인류의 삶을 되돌아보며, 한 줄 한 줄 써 내려간 '인간 반성문'. 이것이 유발 하라리의 《사피엔스》입니다. 《사피엔스》는 별로 중요치 않은 동물이었던 호모 사피엔스가 어떻게 이 지구를 지배하고 파괴해 나갈 수 있었는지, 그 이유부터 설명합니다.

《사피엔스》는 크게 4부로 구성되어 있습니다. 1부는 인지혁명, 2부 농업혁명, 3부 인류의 통합, 4부에서는 현대의 과학혁명과 미래를 다룹니다. 책의 첫 장을 펼치면 '별로 중요치 않은 동물'이라는 소제목이 보입니다. 이 제목에서 가리키는 동물은 도발적이게도 바로 우리 인간입니다. 사실 인간은 신체적 능력으로만 따지자면 약체 중의 약체이죠. 강하고 날카로운 이빨이나 발톱이 있습니까, 뱀처럼 강력한 독이 있습니까? 심지어는 하늘을 날 수도 없고 물속에서도 숨 쉴 수도 없는 허약한 원숭이 정도로 구분될 수 있을 겁니다. 그런데 이 '원숭이'가 어떻게 자신의 형제인 네안데르탈인과 오스트랄로피테쿠스 등을 차례로 멸종시킬 수 있었으며, 훨씬 덩치가 큰 동물들을 제압하고 지구의 주인이 될 수 있었을까요? 지능이 높아서일까요? 직립보행으로 인해 두 손이 자유로워져 도구를 사용해서일까요? 모두 답이 될 수 있을 것입니다. 하지만 하라리는 우리가 간과했던 또 다른 우리의 힘을 그 질문의 답으로 제시하고 있습니다. 바로 뒷담화의 능력입니다.

사피엔스

뒷담화가 인간의 차별적 힘이라고?

언어가 인간의 전유물은 아닙니다. 사자나 고릴라도 '위험해'라든가 '난 지금 아파' 같은 정도의 신호를 주고받습니다. 언어 개념을 소통의 도구로 정의한다면 동물도 언어를 가졌다고 할 수 있습니다. 하지만 인간의 언어는 놀라울 정도로 더 유연합니다. 특히 동물은 절대 하지 못했던 것, 뒷담화가 가능했습니다. 저자는 이에 대해 이렇게 설명하죠.

> 뒷담화 이론은 농담처럼 들릴지 모르지만, 이를 뒷받침하는 연구 결과가 무수히 많다. 심지어 오늘날에도 의사소통의 대다수가 남 얘기다. 이메일이든 전화든 신문 칼럼이든 마찬가지다.

뒷담화의 즐거움은 쉽게 내려놓기 힘듭니다. 이는 매우 자연스러운 현상이면서도 누군가 피해를 볼 수 있기에 부정적으로 인식됩니다. 그런데 흥미롭게도 저자는 '뒷담화'를 '뒷담화 이론'으로 승격시킵니다. 말을 부풀려 이야기를 만드는 힘. 그 힘 덕분에 인간은 신화를 만들 수 있게 되었다는 거죠. 만난 적도 없는 신을 믿을 뿐 아니라, 심지어 그 신을 위해 조직적으로 전쟁을 펼치기도 합니다. 이는 국가에 대해서도 마찬가지죠. 단군신화를 예로 들어보죠. 단군신화는 고조선의 건국 신화입니다. 천신인 환웅과 지신인 웅녀의 아이가 바로 환웅이죠. 그리고 우리는 환웅의 자손으로서 단일민족이라는 정체성을 가지고 있죠. 사실 우리가 단일민족이냐 아니냐는 논쟁은 여기서 아무 의미도 없습니다. 정작 중요한 건 우리가 그렇게 믿고 있다는 사실 그 자체죠. '단군신화'는 바로 그런 믿음을 우리나라 사람들에게 주는 '뒷담화'에서 비롯되었다는 주장입니다. 이렇게 종교가 만들어지고 국가가 만들어지고 법과 제도와 그 모든 사회 규범이 만들어집니다. 그리고 인간들은 그것을 따르며 그들만의 문명을 만들어나가기 시작합니다.

'별로 중요하지 않은 동물'의 반전

저자의 말을 빌리면 이렇습니다. "2011년 UN이 리비아 정부에 시민의 인권을 존중하라고 요구했을 때 거짓말을 하는 사람은 아무도 없었다. 설령 UN도 리비아도 인권도 우리의 풍부한 상상력이 만들어낸 허구일지라도 말이다." 그래서 하라리는 '인간은 상상 속에서 사는 동물'이라고 표현합니다. 반면에 사자나 호랑이, 기린 같은 동물은 현실에서 살고 있죠. 그들은 실제 나무에 올라가거나 강가에서 물을 마십니다.

반면, 우리 인간은 '가상의 실재'에 둘러싸여 있습니다. 국가나 종교는 물론이고, 심지어 우리가 가장 좋아하는 돈조차 실체가 없습니다. '돈이 왜 실체가 없어?' 반문할지도 모르겠지만, 저자의 말에 따르면 전 세계의 지폐와 동전을 다 합친 액수는 약 6조 달러, 하지만 전 세계에 통용되는 화폐의 총량은 약 60조 달러입니다. 결국 54조 달러는 실제로 존재하지 않으며 컴퓨터 서버에만 숫자로 존재한다고 주장합니다. 하지만 우리는 가상의 실재를 믿고 있죠. 이것이 바로 인지혁명입니다.

뒷담화로부터 비롯된 '인지혁명' 덕분에 이를테면 국가, 종교, 이데올로기처럼 손으로 만질 수도 없고 눈으로 볼 수도 없는 것들을 실재한다고 믿고 연대하는 것입니다. 인간은 바로 이런 독특한 특징이 있기 때문에 처음 본 사람과도 유연하게 협력할 수 있다는 거예요. 침팬지는 처음 만났을 때 서로를 믿고 협력하기까지 오랜 시간이 걸린다고 합니다. 그러나 우리 인간은 실재하나 실체가 없는 국가의 한 국민이라는 이유로, 하나의 신을 함께 믿는다는 이유로, 그리고 회사의 한 구성원이라는 이유 등으로 처음 만난 사이에도 거부감을 느끼지 않고 쉽게 연대한다는 겁니다.

인간은 적게는 수십, 수백 명 많게는 수천, 수만 명 그 이상이 놀랍도록 하나 되어 새로운 역사를 만들어 나아갑니다. 이 '협력'이라는 힘이야말로 별 볼 일 없던 유인원을 지구의 새로운 주인으로 만들어낸 진짜 이유라는 것이죠. 가령 잠실운동장에 수많은 인간을 한꺼번에 집어넣을 경우, 인간은 침팬지처럼 서로 싸우기보다 서로 협력하는 것으로 상황을 발전시킨다는 겁니다. 저자는 "약 7만 년 전 일어난 인지혁명은 사피엔스 역사의 시작을 알렸다"고 표현합니다. 지금의 우리에겐 역사의 시작이었지만, 당시 다른 인간 종이나 일부 야생동물에게는 역사의 끝을 고하는 어마어마한 사건이었습니다.

농업혁명, 역사상 최대의 사기

자, 이제 본격적으로 책의 제2장 '농업혁명'을 살펴보겠습니다. 독자 여러분들은 인류가 농사를 짓게 된 것이 우리에게 축복이라고 생각하십니까? 아니면 재앙이라고 생각하십니까? 농사를 지었으니 정착생활이 가능했고, 안정된 생산량으로 마음 놓고 아이를 출산하며 사회를 형성할 수 있었습니다. 점차 인구가 많아지며 직업의 분화가 일어났고, 직업의 분화는 끊임없는 과학기술의 발전을 가져왔고, 과학기술의 발전은 인간의 여러 가지 고민인 질병과 기아 그리고 죽음 문제까지 해결해나가는 놀라운 능력을 보여주었습니다. 그러니 '농업의 시작이야말로 신의 축복'이라는 것이 지금까지 우리의 생각이었습니다. 하지만 하라리는 거꾸로 농업의 폐해를 지적하며 이렇게 말합니다. "농업혁명은 인류 최대의 사기다."

인류가 농사를 짓기 시작한 것은 빙하기가 끝나는 시점, 즉 구석기시대에서 신석기시대로 넘어간 이후였습니다. 사람들은 처음 농사를 짓기 시작한 시점에 멋진 신세계를 꿈꿨을 겁니다. '이제 안정적으로 식량이 생산될 거야. 힘들게 멧돼지를 사냥하러 다닐 필요도 없고, 물고기잡이나 열매채집을 위해 여기저기 떠돌아다닐 필요도 없어. 논과 밭, 그리고 동물농장과 튼튼한 나의 움집들을 만들어 사랑하는 우리 가족과 한평생 행복하게 살아야지'라고 말이죠.

그런데 그들의 예상은 시간이 지날수록 처참하게 빗나가기 시작했습니다. 그전에는 사냥한 짐승의 고기에서 다량의 단백질을 공급받았고, 채집한 열매에서는 신선한 비타민을, 야생 벼에서는 약간의 탄수화물을 섭취하며 훌륭한 신체 조건을 만들었습니다. 사냥하며 뛰어다니는 유산소 운동이 일상이었으니 그들의 신체가 어땠을지 쉽게 상상이 갑니다. 그러나 농경이 시작되고 나서는 아침부터 저녁까지 경작지에 매여 있어야 했고, 상대적으로 여가시간은 줄었으며 온종일 허리를 굽히고 있느라 디스크가 생기기 시작합니다. 밀이라는 단일 작물만 주로 섭취하다 보니 면역력은 저하되고 키우던 가축으로부터 옮겨온 각종 균과 바이러스가 사람들의 생명을 위협했습니다. 게다가 먹고 남는 농산물은 그전에는 존재하지 않았던 사유재산 개념이 되었고, 이것을 뺏고 뺏기느라 조직적인 전쟁이 일어나 이제는 사피엔스끼리 서로 살육하기에 이르렀습니다. 전쟁에서 이긴 자는 지배자가 되고, 패배한 자는 피지배자가 되어 계급이 발생했으며, 힘들여 지은 농사의 결실을 왕이나 종교지도자에게 대부분을 바쳐야 하는… 사피엔스의 지옥은 농경으로부터 시작되었다는 것입니다.

새로운 농업노동은 너무나 많은 시간을 필요로 했다. 사람들은 밀밭 옆에 영구히 정착해야만 했다. 이로써 이들의 삶은 영구히 바뀌었다. 우리가 밀을 길들인 것이 아니다. 밀이 우리를 길들였다.

그렇다면 왜 인류는 다시 옛날로 돌아가지 않았을까요? 저자는 이렇게 답합니다.

작은 변화가 축적되어 사회를 바꾸는 데는 여러 세대가 걸리고 그때쯤이면 자신들이 과거에 다른 방식으로 살았다는 것을 아무도 기억하지 못하기 때문이다.

단체로 집단 기억상실증에 걸렸다는 거죠. 설령 그렇지 않다고 하더라도 다시 과거로 돌아가긴 힘들었습니다. 정착생활로 더 많은 아이를 낳게 되면서 늘어난 인구는 예전처럼 이동하며 사는 것을 불가능하게 만들었고, 이동 없는 안정적인 생활 등에 익숙해질 대로 익숙해졌기 때문이었죠. 오늘날 우리가 과학혁명의 폐해와 환경오염 등의 문제점을 충분히 인지하면서도 스마트폰, 자동차, 냉장고 등이 주는 편의에 길들여져서 이 모든 것이 없는 사회로 돌아갈 수 없는 것처럼 말이죠. 이미 돌아가기엔 너무 멀리 와버렸습니다. 어쩌면, 먼 훗날 어떤 역사학자는 오늘날의 우리 시대를 빗대어 이렇게 주장할지도 모릅니다. '과학혁명은 인류 최고의 사기극이었다. 그런데 그들은 왜 옛날로 돌아가지 않았나?'

인류를 통합한 '돈'이라는 정복자

농업혁명 이후 인류사에 또 하나의 변곡점이 찾아옵니다. 인류의 통합이 이루어진 거죠. 로마제국은 오늘날 북유럽과 서아시아와 북아프리카까지, 몽골제국은 서쪽으론 유럽, 동쪽으론 고려의 제주도까지 거의 다 통합해버렸습니다. 스마트폰은커녕 텔레비전, 라디오, 신문도 없었던 시대에 이런 일이 어떻게 가능했을까요?

몇 년 전 이스라엘에 가서 유발 하라리를 직접 만난 적이 있습니다. 나이는 저보다 여섯 살이나 어리지만, 평소 존경하던 또 다른 역사학자를 만나니 어찌나 반갑던지 시간이 어떻게 흘렀는지도 모른 채 이야기꽃을 피웠었습니다.

당시 그는 제게 책의 어떤 부분이 가장 재미있었는지를 물었고, 저는 이렇게 말했습니다. "당신이 제국 종교, 돈 등이 인류의 통합을 가져왔다고 기술했는데, 그중에서도 '돈' 부분이 상당히 인상적이었어요. 책에서 당신은 이렇게 말했죠. '오사마 빈 라덴은 미국의 문화, 종교, 정치를 그토록 증오했지만, 미국의 달러는 매우 좋아했다. 전 세계에 통용되는 인간이 만들어낸 보편적 질서에는 돈, 제국, 종교 등이 있는데, 가장 강력했고 가장 강력한 정복자는 돈이다'라는 부분에서 무릎을 '탁'

치게 되었습니다." 저의 대답에 유발 하라리는 큰 웃음을 터뜨렸습니다.

실제로 저는 이 책에서 돈의 개념을 배웠고 깨달음을 얻었습니다. 돈, 즉 화폐는 시대와 장소에 따라 끊임없이 모습을 바꾸어가며 우리 인간들을 통합시키거나 분열시켜 왔습니다. 신석기시대의 화폐는 조개껍데기였고, 삼한시대에는 철이었습니다. 지금은 알록달록 색칠한 종잇조각을 화폐로 쓰고 있죠. 심지어 최근에는 비트코인, 이더리움 등 암호화폐가 사람들 사이에 이슈로 떠오르기도 했습니다. 하지만 시대 변화에도 달라지지 않은 돈이 있습니다. 바로 금입니다.《부자 아빠 가난한 아빠》로 유명해진 로버트 기요사키Robert T. Kiyosaki는《페이크》에서 "인간이 만든 모든 화폐는 영원할 수 없다. 역사가 증명하지 않는가. 곧 미국 경제의 붕괴로 달러 가치는 하락할 것이며 위안이나 엔, 유로도 가치가 하락할 것이다. 그러니 영원 불변의 가치, 무조건 금을 사라. 금만이 살 길이다. 당신이 읽고 있는 이 책의 인세로 나는 지금 금을 사러 간다"라는 주장을 펼치기까지 합니다.

하지만 금이든 뭐든 돈은 우리 인간에게만 가치가 있죠. 만약 침팬지에게 100달러를 주고 바나나 100개를 달라고 하면, 침팬지는 어이없어 하겠죠. 그에게는 100달러가 벤저민 프랭

클린이 그려진 색종이, 먹을 수도 그 어떤 도구로도 쓸 수 없는 쓰레기로 보일 겁니다.

하지만 인간은 기꺼이 100달러와 바나나 100개를 교환할 것입니다. 이를 가능하게 하는 것은 무엇일까요? 우리가 돈에 가치를 부여하고 그것을 집단으로 신뢰하기 때문입니다. 그것이 조개이든 철이든 혹은 천이든… 이것을 화폐라고 사회 구성원이 약속하는 순간 그 물질에는 엄청난 신뢰와 가치가 부여됩니다.

책을 읽으며 저는 결국 돈의 본질은 합의된 신뢰임을 깨달았습니다. 저를 비롯한 이 책을 읽는 모든 독자 여러분은 돈을 좋아할 겁니다. 그 돈을 많이 벌기 위해서 끊임없이 노력하고 있죠. 그런데 말입니다. 우리가 본질을 잃고 눈앞의 색종이에만 집착하는 건 아닌지 한번쯤 고민해봐야 하지 않을까요.

"다 너를 위해서야!"

이제부터는 인류의 통합을 이룬 매개체인 돈에 이어 제국에 대해서 알아보겠습니다. 책 11장에 해당하는 '제국의 비전'은 유발 하라리가 가장 많은 비판을 받는 부분입니다. 제국주의자들의 관점을 설명하는 과정에서 그들에게 면책권을 준 것 같은 뉘앙스를 곧잘 풍기기 때문이죠. 이를테면 한때 로마제국의 식민지였던 스페인이 로마의 유산에 큰 빚을 진 것처럼 말하는 대목이 그렇죠. "현대 스페인 법은 로마법에서 유래했고, 정치도 로마법 위에 세워졌으며, 요리법도 로마 요리법의 덕을 본 것"이라는 견해를 내놓습니다.

이 제국들은 과학과 긴밀히 협력했던 덕에 엄청난 힘을 발휘했고 세계를 엄청나게 바꾸어놓았으므로, 이들에게 간단히 선하다거나 악하다는 딱지를 붙일 수는 없다.

이 같은 견해는 식민지 역사를 가진 우리로선 상당히 불편합니다. 식민지 시대 수많은 희생과 자행된 약탈, 문화 훼손 등은 오랫동안 우리 모두에게 깊은 상처를 남기고 있죠. 그런데 제국이 식민지에 준 것은 고통만이 아니라 선진화된 법과 제도, 도로, 건설, 문화, 풍요로움 등도 포함된다는 식의 논리는 일제강점기 일본인들이 주장했던 식민지 근대화론과 맥을 같이합니다.

역사적으로 일본 제국주의의 피해를 보았고, 그 문제가 아직도 해소되지 않았기에 우리나라 독자들이 보기에는 가장 공감되지 않는 부분 중 하나라고 생각합니다. 저는 유발 하라리를 너무나 좋아하고 존경하는 나머지 그의 후속작인《호모 데우스》역시 얼마나 많이 읽었는지 종이가 너덜거릴 지경입니다. 하지만 모든 부분을 다 공감하고 동감하는 것은 아니라는 점을 이 지면을 통해 밝히고자 합니다.

그러나 불편한 지점에서도 우리가 짚고 넘어가야 할 부분, 그리고 고민해야 할 부분은 분명히 있습니다. 우리를 지배했던 일본 제국주의는 사실상 영국 제국주의를 답습했습니다. 영국의 식민지 지배는 매우 교묘하고 철저했습니다. 영국은 인도를 정복할 때 고고학자, 인류학자, 동물학자 등 각 분야의 전문가를 모두 데려갔죠. 인도의 역사와 문화, 지리를 꼼꼼하게 살피고 연구하기 위해서였죠.

그중 주목할 만한 사람이 문헌학자 윌리엄 존스Sir William Jones죠. 그는 아시아협회를 세워 인도의 언어가 라틴어와 놀라울 정도로 비슷하다는 것을 발견합니다. 독자 여러분도 알고 있는 '인도유럽어족'이 그것입니다. 이 발견은 곧 식민지 지배의 정당성을 세우는 근거가 됩니다. '너희와 우린 피부색도 다르고 문화도 달라. 하지만 고대 조상은 같았고 우리와 너희는 하나지. 그러니까 우리보다 부족한 너희를 돕기 위해 우리가 여기 있는 거야.'

이를 모방한 일본도 우리나라의 역사, 문화, 지리 등 모든 분야를 연구했습니다. 심지어 조선인의 피를 뽑아 혈액 연구까지 하죠. 이들이 이처럼 많은 시간과 노력을 기울여 우리를 연구했던 건 우리의 정신과 영혼까지 지배하려 했기 때문입니다. 이때 일본이 주장한 논리는 우리가 한 번쯤은 들어보았을 '내선일체內鮮一體' '일선동조日鮮同祖', 즉 일본內과 조선鮮은 원래 하나의 뿌리라는 거였죠. 일본과 조선의 조상, 즉 아미테라스 오미카미와 단군은 한 가족이었다는 주장은 인도의 역사를 치밀하게 연구하여 왜곡한 영국과 매우 닮아 있습니다. 이는 영국이나 일본뿐 아니라 유럽의 다른 제국주의 국가에서도 흔히 볼 수 있는 공통 현상이었습니다. 이전 시대 침략자였던 프랑스의 나폴레옹은 이집트를 공격하러 갈 때 거대한 이동 도서관을 이끌고 다녔습니다. 각 분야의 전문가들을 자신의 식민지에 데려가서 역사와 지리 등을 연구하게 했습니다. 이런 행위는 제국주의의 본능이었던 것입니다.

무지를 인정함으로써 얻은 달콤한 과육, 과학혁명

우리는 《사피엔스》 마지막 제4부의 문을 열고 있습니다. 농업혁명 이후 가장 큰 혁명을 꼽으라고 한다면 단연코 과학혁명일 것입니다. 과학혁명 이전의 인류와 이후의 인류는 전혀 다른 삶을 살게 되었죠. 저자는 이에 대해 재미있는 예시를 듭니다.

> 기원후 1000년 어느 스페인 농부가 잠이 들어 5백 년 후에 깨어난다고 하자. 그는 콜럼버스가 이끄는 니냐호, 핀타호, 산타 마리아호의 선원들이 내는 시끄러운 소리 때문에 깼다. 그렇지만 그가 깨어난 세상은 매우 친숙해 보일 것이다. (중략) 하지만 만일 콜럼버스의 선원 중 한 명이 같은 식으로 잠에 빠졌다가 21세기 아이폰 벨 소리에 잠을 깬다면 자신이 도저히 이해할 수 없는 이상한 세상에 와 있다는 것을 알고 이렇게 자문할 것이다. '여기는 천국인가, 아니면 지옥인가?'

오늘날 전함 한 대면 당시 세계 모든 군함을 격침할 수도 있고, 컴퓨터 한 대면 당시 모든 도서관의 책과 자료 들을 담을 수도 있습니다. 심지어 인류는 달에 우주선을 보내는가 하면, 수시로 비행기를 타고 대륙에서 대륙으로 건너다니죠. 500년 전엔 감히 상상도 할 수 없는 광경입니다.

인간은 과학혁명이란 마법의 힘으로 신의 영역에 도전하게 됩니다. 불과 물과 바람만을 다스리던 호모 사피엔스가 이제는 제우스의 번개까지 전기라는 이름으로 자유자재로 사용하고 있습니다.

생명의 창조나 새로운 종의 재교배 등은 이미 인간의 영역이 되었고, 인류의 미래를 이끌어가는 미국의 구글은 죽음까지도 신의 영역이 아닌 인간의 기술적 해결의 영역으로 끌어들이고 있습니다. 이제 영생을 꿈꾸게 된 호모 사피엔스가 아닌 호모 데우스. 그들을 인간에서 신으로 만들어준 마법은 바로 과학혁명이었습니다.

그런데 어째서 과학혁명은 고대문명 국가가 아니라 유럽에서 시작되었을까요? 호모 사피엔스 역사의 시작은 아프리카였지만, 학자마다 의견 차이는 있으나 이 책에서는 약 7만 년 전부터 그 중심이 아프리카 밖으로 이동했다고 설명합니다. 11만 년 전부터 10만 년쯤 이어진 마지막 빙하기 동안 사피엔스는 아프리카에서 나와 유럽, 중동 등지로 퍼져나갔습니다. 그렇다면 출발점이 가장 빨랐던 아프리카에서 가장 먼저 과학혁명이 일어나야 했던 것은 아니었을까요? 아니면 문명이 발생한 중국이어야 했지 않나요?

세계 3대 발명품이라 불리는 나침반, 화약, 종이가 모두 중국에서 시작되었습니다. 중국은 1492년 콜럼버스가 인도를 찾아 항해를 떠나기 훨씬 이전부터 세계를 탐험하는 배를 띄웠죠. 1405년 중국의 항구를 떠나 인도양을 건너 아프리카까지 진출한 것은 정화鄭和의 함대였습니다. 이후로 정화는 일곱 차례에 걸쳐 원정길에 오르게 되는데, 3백 척에 가까운 배에 3만 명의 인원이 탑승한 함대가 출발한 적도 있었죠.

그로부터 90년이 지나 항해를 떠났던 콜럼버스의 배는 단 세 척이었고, 그나마도 규모가 작아 겨우 120명의 선원을 태울 수 있을 뿐이었습니다. 유발 하라리는 이를 "정화의 함대가 용이라면 콜럼버스의 배는 모기 세 마리에 지나지 않았다"라고 표현합니다.

하지만 과학혁명을 주도한 건 유럽이었습니다. 세상에서 가장 못 살던 유라시아 대륙 변방의 주변인들이 어떻게 인류 문명의 선구자가 되었을까요? 저자는 그 이유를 모든 것이 풍족했고 완벽한 통일제국이었던 중국에 반해, 유럽은 모든 것이 부족했고 더없이 초라한 분열된 사회구조였기 때문이라고 말합니다.

정화의 함대가 항해를 나섰을 당시 중국은 명의 시대였습니다. 완벽한 통일국가였던 명나라는 정치, 사회, 경제 등 모든 면에서 앞섰습니다. 그래서 자국의 문화나 기술이 다른 나라로 유출되는 것을 염려했죠. 급기야 동쪽으로는 조선을 방패막이

삼고, 서쪽으로는 벽을 쳐올리는 쇄국정책을 펼치기에 이릅니다. 그리고 황제는 큰소리로 외쳤습니다. "나는 하늘의 아들 천자이며 천문의 이치를 모두 알고 있다. 여기는 세상의 중심, 중국이다!"

당시 중국으로선 쇄국정책이 최선의 외교정책이었을 수도 있습니다. 하지만 이런 중국인들의 사상은 새로운 대륙을 발견하거나 새로운 기술을 발전시키는 것에는 어울리지 않는 사회구조를 형성하게 됩니다.

반면, 유럽은 중국과 달리 단 한 번도 통일된 적이 없었습니다. 그러나 그 분열과 위기는 그들에게 기회가 되었고, 끊임없는 국가 간 경쟁은 새로운 개척의 땅과 신기술을 발전시키는 도화선이 되었습니다. 그리고 그들은 중국만큼 강하지는 않았지만, 중국을 앞서 나갈 수 있는 인식체계를 가지고 있었습니다. 그건 자신들이 세계의 많은 부분에 대해 무지하다는 사실을 인지하고 받아들이는 거였죠.

사회·정치적 구조 인식의 차이로 벌어지는 격차

유럽인의 입장에서 유럽 발전의 시작은 콜럼버스의 신대륙

발견부터였습니다. 천혜의 땅 아메리카의 수많은 자원과 노예들은 유럽으로 공급되었고, 유럽은 이로 인해 엄청난 경제적 부를 누릴 수 있게 되었습니다. 이는 자본주의의 형성을 가져왔고, 그것은 다시 무지의 자각이 발전시킨 과학기술과 만나, 유럽을 세상에서 가장 강하고 잘사는 지역으로 탈바꿈시켰습니다. 1500년 이전의 과학과 기술은 완전히 별개였으나 19세기에 들어서며 밀접하게 연결되기에 이르렀죠.

유럽은 영국을 필두로 제국주의를 표방하며 아프리카와 인도, 아시아로 자신들이 만들어낸 과학기술의 총구를 겨누게 됩니다. 이것을 우리 한국사 교과서에서는 '서세동점西勢東漸'이라고 표현하죠. 서양 세력이 동양권으로 점차 밀려들어 온다

는 이야기인데요. 이렇게 정치적·경제적 식민지를 넓혀간 유럽 제국주의는 식민지로부터 공급된 수많은 재화와 노동력을 바탕으로 점점 더 과학기술을 발전시키는 선(악)순환을 이루게 됩니다. 중국은 이렇게 유럽에 과학혁명 종주국 자리를 빼앗기게 됩니다.

그러던 1842년, 중국은 영국의 위협에 못 이겨 개항하게 되지요. 이것을 '난징조약'이라고 합니다. 그로부터 13년이 지난 1854년, 이번에는 일본이 미국의 위협으로 문을 열게 되죠. 이것을 '미일 화친조약'이라고 합니다. 그리고 우리나라는 1876년 일본의 위협으로 문을 엽니다. 이것이 우리가 교과서에서 배우는 '강화도조약'이죠.

개항한 순서로만 본다면 중국이 가장 빨리 서구의 과학기술을 받아들여 근대화에 성공해야 했겠지만, 실제 아시아의 주도권은 일본 제국주의가 쥐게 됩니다. 그 이유는 무엇이었을까요?

그것은 근대화 방식의 차이에 있습니다. 당시 중국이 내세운 개혁의 핵심은 '중체서용中體西用'이었죠. 중국을 본체로 하고 서양의 기술을 이용하자는 거였어요. 우리는 이미 유교사상으로 정신이 개화되어 있기에 서양의 기술만 수용하면 된다는 태도를 고수했죠. 반면, 일본은 메이지 일왕 체제하의 문명개화론을 추진합니다. 문명개화론의 목적은 아시아를 벗어나 유럽화하자는 것이었습니다. '우리는 아직 정신적으로나 문화적으로 미개한 상태이니 서구의 정치, 경제, 사회구조, 문화 그리고 과학기술 그 모든 것들을 총체적으로 받아들이자'라는 결단을 내렸습니다. 일본은 기술력 그 자체보다 그걸 발전시키고 상용화시킬 수 있는 사회·정치적 구조가 더 중요하다고 생각했기 때문이었죠. 이러한 인식의 차이로 아시아의 운명은 결정되었습니다.

중국인과 페르시아 인에게 부족했던 것은 증기기관 같은 기술적 발명이 아니었다. (그거라면 공짜로 베끼거나 사들일 수 있었다.) 이들에게 부족한 것은 서구에서 여러 세기에 걸쳐 형성되고 성숙한 가치, 신화, 사법기구, 사회정치적 구조였다. 이런 것들은 빠르게 복사하거나 내면화할 수 없었다.

신의 영역에 도달한 인간이 지어야 할 책임

이제 책의 내용을 다시 한번 정리해보도록 하겠습니다. 호모 사피엔스는 지구에 사는 여러 종 가운데 별 볼 일 없던 한 종족이었을 뿐이었습니다. 그런데 가상의 실재를 믿는 힘, 인지혁명으로 종교와 제국과 화폐 등을 만들어내며 유연하게 연합했습니다. 농업혁명은 그것들을 유지하고 발전시키는 밑거름이 되었고, 과학혁명을 이루며 우리는 자타공인 지구의 주인이 되었습니다.

하지만 저는 인간이 이 지구의 주인이라고 생각하지 않습니다. 만약 인간이 지구의 집주인이라면 왜 자기 집을 오염시키고 파괴하겠습니까? 세상에 자기가 사는 집을 황폐하게 만드는 주인은 어디에도 없습니다. 우리는 그저 지구라는 자연이 만들어놓은 집에 잠시 세 들어 거주하는 진상 세입자일 뿐입니다. 우리가 지난 만 년 간 지구상에 저지른 만행을 책의 정보를 빌어 간단히 서술해보죠.

첫째는 종의 파괴입니다. 오늘날 호모 사피엔스는 개체수가 70억이 넘습니다. 인간을 모두 큰 저울에 올리면 약 3억 톤이고, 우리가 사육하는 가축들을 모두 저울에 올리면 약 7억 톤이 된다고 하죠. 반면 현재 살아 있는 모든 야생동물의 무게를 달면 1억 톤도 안 된다고 합니다. 오래전 이 지구엔 야생동물이 가득했지만 이제 그들은 텔레비전 화면이나 동물원에서나 볼 수 있게 되었죠. 이러한 수치가 우리에게 알려주는 것은 하나입니다. 이미 인류는 자신과 자신에게 필요한 종들로만 이 지구를 채웠다는 거죠.

두 번째는 환경오염입니다. 이 지면에 일일이 설명할 필요도 없을 만큼 우리는 물과 토양과 대기까지 이 자연이 만들어놓은 완벽한 공간을 더럽혀왔습니다. 이제는 파란 하늘도 밤하늘에 빛나는 별들도 동화가 되어버렸고, 제가 초등학교 시절 농담처럼 예견했던 물을 사 먹는 시대가 현실이 되어버렸습니다. 우리는 도대체 무엇을 위해서, 무엇이 되려고 이런 끔찍한 일들을 저지르고 있는 것일까요? 이 책을 읽고 나면 '애민'이나 '사람이 제일' '사람이 꽃보다 아름다워' 등 우리에게 마치 정언명령처럼 각인되었던 의미들이 부끄럽게 여겨집니다. 정말 사람이 꽃보다 아름다울까요?

그래도 저는 아직 우리에겐 희망이 있다고 생각합니다. 자신들이 저지른 만행을 스스로 비판하고 개선해나갈 수 있는 능력도 우리 사피엔스가 가진 여러 능력 중 하나이기 때문이죠. 《사피엔스》는 '만물의 영장다운 생각과 행동을 하기 위해 우리 스스로가 읽고 써 내려가야 하는 인간 반성문이 아닌가'라는 생각을 하게 됩니다.

우리는 머지않아 스스로의 욕망 자체도 설계할 수 있을 것이다. 그러므로 아마도 우리가 마주하고 있는 진정한 질문은 '우리는 어떤 존재가 되고 싶은가?'가 아니라 '우리는 무엇을 원하고 싶은가?' 일 것이다.

사피엔스 자신에게
투자하라

독자 여러분은 인간이 가장 먼저 가축화시킨 동물이 무엇이라고 생각합니까? 인간입니다. 교육 혹은 사회화라는 이름으로 자신의 동족부터 사육시킨 놀라운 역사를 지닌, 바로 우리 호모 사피엔스는 '동족의 가축화'를 시작으로 개, 소, 말, 닭, 돼지 등 수많은 동물을 자신들의 이익을 위해 사육하고 교배해왔습니다. 뿐만 아니라 식물들에 대해서도 품종을 개량하고 유전자를 조작하며 인간지상주의적 세상을 창조해왔습니다.

책에서 살펴봤듯, '인지와 농업과 과학의 혁명 삼연타'를 쳐대며 승승장구한 사피엔스는 이제 인간의 영역을 넘어 신의 영역에 도전해왔습니다. 우리는 기술의 발전으로 어찌 보면 유토피아를 만들어내는지도 모릅니다. 유발 하라리는 인간의

3대 고민거리였던 기아, 전쟁, 전염병 문제를 거의 해결했다고 봅니다.

독자 여러분, 지금 우리 시대에 굶어서 죽는 사람의 수가 많을까요, 많이 먹어서 죽는 사람의 수가 많을까요? 대부분의 나라에서 기아보다 심각한 문제는 과식입니다. 전 세계의 비만으로 인한 사망자 수는 이미 기아와 영양실조 사망자 수의 3배를 넘어서고 있습니다. 전쟁도 마찬가지입니다. 2차 세계대전 이후 세계는 총 인구 대비 전쟁으로 사망하는 사람의 비율로 따질 때 유례없는 평화의 시대를 맞이하고 있다고 말할 수 있습니다. 지구를 끝장낼 수 있는 힘을 가진 핵 개발은 아이러니하게도 크고 작은 국가 사이의 전쟁을 막아주는 억제요소가 되었고, 지식기반산업 시대로 바뀌면서 물리적인 전쟁을 해야 할 이유가 사라졌습니다. 과거 전쟁은 물자나 자원을 차지하기 위해 벌어졌지만, 지금은 그럴 필요가 없기 때문이죠.

전염병 역시 예전처럼 인간을 위협하지 못합니다. 14세기부터 발병한 페스트가 전 유럽 인구를 절반으로 줄였고, 1918년 발생한 스페인독감이 1차 세계대전 사상자보다 다섯 배 이상 많은 최대 5,000만 명의 사망자를 냈습니다. 이에 비해 20세기 이후에 발병한 사스, 메르스 등은 인간에 의해 제어 가능해지거나 퇴치되었습니다. 여전히 우리를 위협하고 있는 코로나19도 과거의 질병들처럼 인간들에게 정복되기를 바라는 마음입니다.

오랜 과거에는 질병의 완치를 신에게 빌었다면 20세기에는 의학의 힘을 빌렸죠. 지금은 데이터베이스와 SNS 등 정보통신기술의 발달로 방역과 구제를 선행함으로써 그 피해를 최소화하고 있습니다. 균과 바이러스의 입장에서 본다면 데이터베이스와 정보통신기술은 핵무기보다 더 무서운 인간의 칼과 방패로 여겨질 테지요.

이렇듯 해결될 수 없을 것 같던 영역이 인간에 의해 정복되면서 오만해진 사피엔스들은 브레이크 없는 기관차처럼 알 수 없는 미래를 향해 달려가고 있습니다. 이 모든 것은 책에 나오듯, 과학혁명 덕이라고 말할 수 있겠죠. 그래서인지 국내 여의도의 투자자와 전 세계의 벤처 캐피탈 회사들은 신생 인공지능과 플랫폼 회사에 엄청난 돈을 투자하고 있고, 수많은 세계의 젊은 지성들은 자신의 뛰어난 재능을 과학기술 개발에 쏟아붓고 있습니다. 과연 이러한 폭주는 어떤 결과를 가져올까요?

과거 이어령 교수께서 하신 말씀이 생각납니다. "AI가 말이라면 그 말에 올라타 갈 바를 정해주는 기수는 사람이다. 좋은 말이 있으면 뛰어난 기수도 있어야 할 터인데, 지금 세상은 말에만 투자할 뿐 기수에게는 아무런 관심이 없다. 이러면 기수는 말을 잘못된 방향으로 이끌거나 혹은 떨어지거나 말에게 발로 채여 죽을 수도 있다"라는. 과학기술 개발에만 몰두해 인문학적 사고에 관심을 가지지 않는 요즘 세태를 목격할 때마다 저는 안타까움을 느낍니다. 그것은 마치 성능이 좋은 무기를 가지고 있으면서 그것을 어찌 사용하는지 몰라 안절부절못하는 어린아이와 같은 형국이란 생각이 듭니다. 과학기술 개발에 대한 투자의 반의반만큼이라도 인문학에 투자한다면, 과학기술이 만들어놓은 이 유토피아가 영화 〈터미네이터〉가 그리고 있는 끔찍한 디스토피아로 변질되는 것을 막을 수 있을 것입니다.

오늘 우리에게 던지는
희망 메시지

페스트
La Peste

알베르 카뮈

의사 리유외래어 표기법에 따르면 '리외'이나 번역본에 맞춰 '리유'로 표기는 집으로 들어가는 길에 쥐 한 마리가 제자리를 돌다 피를 토하고 쓰러져 죽는 장면을 목격한다. 알베르 카뮈의 소설 속 이 장면은 묘하게도 2019년 초겨울 중국 우한에서 '사스 바이러스' 징후를 목격한 의사 리원량의 두려움과 겹친다. 소설의 배경은 아프리카 북서부 프랑스령 알제리의 한 도시이자 도청소재지인 오랑시에 국한된다. 하지만 그 안에서 벌어진 인간사회의 파멸과정과 대처 노력, 그리고 인간 군상의 적나라한 심리 서술은 2020년 코로나19의 공포를 맞이한 전 세계의 모습과 오버랩된다. 책을 읽으며 인간의 내면 심리와 사회의 본성을 꿰뚫어보는 천재 작가이며 사상가인 알베르 까뮈를 재발견한다. 인류가 원래 하나였음을, 그래서 연대가 얼마나 절실한지도.

1947년 그리고 2020년

'코로나19'로 2020년은 그야말로 혼돈의 시대로 돌입했습니다. 전염 속도가 빠르고 치명적인, 듣도 보도 못한 신종 바이러스가 지구촌 거의 모든 나라를 휩쓸었습니다. 세계 유수의 도시들에서 수많은 사람이, 특히 그 사회에서 가장 약하고 취약한 계층인 노약자가 어려움을 겪는 모습을 우리는 목격해야 했습니다. 다행히 우리는 민첩하고 체계적으로 움직였기에 도시 봉쇄나 의료 시스템 붕괴에 이르는 참사를 막을 수 있었습니다. 하지만 세계화 시대에 바이러스 감염 문제는 어느 한 나라만 잘 대처한다고 끝나는 일이 아니죠. 이는 온 세계가 돕고 연대해야 함을 알려주는 역사의 큰 메시지였습니다.

매일 쏟아지는 뉴스에는 전 세계에 살고 있는 우리 인류의 민낯을 고스란히 보여주는 이야기들이 정말 많았습니다. 휴지를 먼저 사겠다고 싸우는 사람, 총을 들고 나와 시위하는 사람, 병자를 내버려둔 채 도망간 사람, 관람객의 발길이 끊겼다며 동물원의 동물을 죽이겠다는 사람…. 이런 뉴스를 접하면서 도대체 인간이 뭔가 싶기도 했죠. 위기상황에서 나타난 인간의 지독한 이기심은 특히 노약자나 가난한 이에게 바이러스보다 더 무서운 재앙이었습니다. 하지만 자신의 안위를 살펴

페스트

지 않고 최전선에 뛰어든 의료인, 소외된 이들을 알뜰히 챙기는 봉사자, 공동체의 안위를 지키고자 자기 자리에서 묵묵하게 규율을 지키는 시민 등 이타심을 보이는 사람이 훨씬 많았죠. 이러한 상황을 지켜보는 과정에서 저는 인간과 사회, 국가의 존재가치 등에 대해 많은 생각을 하게 되었습니다.

그런데 1947년, 이러한 고민이 고스란히 담긴 한 권의 책이 나옵니다. 바로 그 유명한 알베르 카뮈Albert Camus의 《페스트La Peste》죠. 소설 《페스트》는 페스트흑사병로 위험에 빠진 한 도시에서 각자의 방식으로 위기에 대처하는 수많은 군상을 보여줍니다. 그런데 놀랍게도 소설 속 이야기는 2020년 세계와 무척 닮아 있습니다. 마치 작가가 지금의 우리를 보고 뚝딱 스케치한 것처럼 말이죠. 이는 작가가 인간 존재의 본질을 꿰뚫는 통찰력을 가지고 있기에 가능한 일이었을 겁니다. 그런 한편 이런 생각도 들었죠. 작가가 14세기 유럽 인구의 절반 이상을 죽음으로 내몰았던 페스트에서 영감을 얻지 않았을까, 하는.

교통사고처럼 갑작스레 들이닥친 코로나19 사태의 경험은 자연스럽게 1347년에 시작되어 근 3년 동안 유럽 전역을 휩쓸었던 페스트를 떠올리게 했습니다. 그리고 그 중간쯤 징검다리처럼 1947년 카뮈가 발표한 소설 《페스트》가 있죠. 시대는 각각 다르지만 대재앙 수준의 전염병에 대응하는 사람들의 모습은 기막힐 정도로 비슷합니다. 그래서 전 이 책이 오늘을 사는 우리가 나아가야 할 방향을 보여준다고 생각합니다. 카뮈가 책을 통해 말하려 한 메시지가 바로 '그리하여 우리는 이긴다'라는 희망이기 때문입니다.

처음은 쥐들이 죽어나가기 시작했다

《페스트》의 배경으로 설정된 오랑시는 그 어떤 매력도 찾을 수 없는 메마른 도시입니다. 화자의 표현대로라면 '못생긴 도시'인 이곳에 어느 날부터인가 일상적이지 않은 일이 일어납니다. 쥐들이 죽기 시작한 거죠. 처음 죽은 쥐를 발견했을 때만 해도 사람들은 대수롭지 않게 생각했습니다. 도시의 어느 구석에선가 쥐들은 살고 있기 마련이고, 그중 어떤 쥐가 사람들의 눈에 띄는 곳에 죽어 있다 한들 그게 뭐 대수였겠습니까. 사람도 아니고, 그저 쥐일 뿐인걸요.

진찰실을 나서다 층계참 한복판에서 죽은 쥐를 발견한 의사 리유도 처음엔 그렇게 생각했습니다. 하지만 두 번째 쥐를 본 순간엔 심상치 않은 징조를 느낍니다. 쥐가 비틀거리다 피를 토하며 죽는 걸 바로 눈앞에서 봤기 때문이죠. 그런데 그 이튿날, 병원 복도에서 또 피투성이가 된 쥐 세 마리를 목격합니다. 수위는 죽은 쥐들의 다리를 그러쥔 채 한탄하죠. "누가 이런 나쁜 장난을 친 거야?"

이후 리유는 피를 토하며 죽은 쥐들을 여러 장소에서 목격한 사람들의 이야기를 듣습니다. 그러다 어느 순간 죽은 쥐들의 수는 점점 늘어났죠. 지하실이나 지하창고, 수챗구멍 아래에서 인간을 피해 웅크리고 다녔던 쥐들이 떼를 지어 거리로 나와서는 비틀거리다 푹푹 쓰러지는 장면을 누구나 어렵지 않게 목격할 수 있게 되었습니다. 그리고 병원 복도에 죽어 있던 쥐들을 맨손으로 잡아 처리했던 수위가 괴질에 걸려 죽는 일이 발생하죠. 그는 죽기 직전, 마지막으로 한 마디 남깁니다. "쥐들!"

'페스트'라는 제목 덕분에 우리는 수위 미셸이 페스트에 걸렸다는 것을 충분히 예측할 수 있습니다. 하지만 의사 리유는 이때만 해도 수위의 병이 무엇인지 알아차리지 못했습니다. 그런데 수위와 같은 열병을 앓다가 입술이 푸르둥둥하게 변한 채 죽은 이가 더 있다는 것을 알게 되죠. 이 도시에 온 이후 모든 걸 기록했던 타루의 수첩과 몇몇 의사들의 의견을 종합하고 나서야 리유는 결코 믿고 싶지 않은 결론에 도달하게 됩니다. 페스트. 이 단어가 입 밖으로 나온 순간, 오랑시는 이제껏

한 번도 경험해보지 못한 위기에 빠져버렸다는 걸 인정해야 했습니다. 리유는 생각합니다. '그렇다면, 무엇을 할 것인가.' 그냥 될 대로 되라 하기엔 페스트와 관련된 많은 이미지가 그를 괴롭혔죠.

흑사병이 창궐하는 동안 갈고리에 찍혀서 끌려 나가는 환자들. 마스크를 쓴 의사들의 카니발, 밀라노의 공동묘지에서 벌어진 산 사람들의 성교, 공포에 질린 런던 시의 시체 운반 수레들, 그리고 도처에서 항시 끊이지 않는 인간들의 비명으로 넘쳐 나는 밤과 낮.

의사 리유는 이 처참한 광경이 앞으로 오랑시에 닥칠 일임을 압니다. 그리고 또 하나, 그보다 더 중요한 사실을 알았죠. 이 위기를 극복하기 위해선 저마다 자기가 맡은 직책을 충실히 수행해야만 한다는 것을.

위기에 대처하는 각자의 방식

페스트로 수많은 사람이 죽어나가기 시작하자 리유를 중심으로 각기 다른 반응을 보이는 사람들의 이야기가 나옵니다. 의사로서 페스트에 대항하고 사람들을 돌보는 리유, '민간보건대'를 조직해 묵묵히 리유를 돕는 타루, 이 모든 것이 신의 심판이라 설교하는 파늘루 신부, 봉쇄 소식을 듣고는 도시를 벗어나려고 시도하는 랑베르 기자, 남들에겐 저주가 된 페스트를 오히려 악용하는 범죄자까지. 정말 다양한 군상이 등장하죠. 누군가는 페스트에 맞서 싸우고, 누군가는 페스트를 신의 벌이라 강론하고, 누군가는 페스트에서 도망가려 하고, 누군가는 페스트를 이용해 돈을 벌려고 하는… 이 일련의 상황들은 어찌 보면 오늘날 우리의 모습일 수도 있죠. 위기상황에서 다들 같은 목소리를 내거나 같은 행동을 하는 것은 아니니까요. 다만 개인이 아닌 정부가 해야 할 일은 명확히 정해져 있습니다.

정부는 전염병을 파악하고, 차단하고, 시민의 안정을 꾀해야 하는 임무가 있습니다. 사람들이 정부에 세금을 내거나 정부의 권위를 지켜주는 이유는 바로 그 때문이니까요. 소설에서도 페스트에 대처하는 정부 이야기가 나옵니다. 리유와 의사들은 정부에 대책회의를 요청합니다. 그런데 이 대책회의를 열기조차 쉽지 않습니다. 몇몇 사람이 죽은 걸 가지고 대책회의를 열 필요가 있느냐는 거였죠. 심지어 회의에 참석한 지사는 사람들이 공연히 야단법석을 떨고 있다고 생각했습니다. 상황의 심각성을 파악하지 못하는 것도 문제였지만, 리유를 비롯한 의사들이 내놓은 '이번 사태는 정부 차원의 예방이 필요하다'는 의견에 귀 기울이지 않는 건 더 문제였죠. 정부 관계자들은 오로지 '별것 아닐 수도 있는 일에 괜히 혼란만 가중시킬지도 모를 상황'을 우려할 뿐입니다. 즉 페스트라는 정확한 확신이 있어야 법규에 따른 대응정책을 수립할 수 있다는 거였죠. 그래서 정부 관계자는 리유와 다른 의사에게 같은 질문을 반복합니다. "그러니까, 이게 페스트라는 건가요?"

의사들은 페스트라는 말을 정확하게 입에 올리지 않습니다. 병에 걸린 이들이 페스트와 유사한 증상을 보이고, 심지어 전염성이 매우 강하다는 것은 알고 있지만, '페스트'라고 확신할 수 있는 정확한 증거가 아직 부족하기 때문이었죠. 하지만 리유와 의사들은 '이 병을 더 확산시키지 않으려면 정부가 발빠르게 나서야 하며, 그에 합당한 대책을 세워야 한다'는 것만은 정확하게 알고 있었습니다.

그래서 정부 관계자인 리샤르가 당신도 이 병이 페스트라고 생각하느냐고 묻자 리유는 이렇게 대답하죠. 표현에는 관심이 없지만 시민의 반 이상이 죽음의 위협을 받고 있는 사실을 무시하고 행동해서는 안 된다고.

이후에도 정부의 대응방식은 느리거나 엉성합니다. 당장 환자를 위한 조치가 필요한 상황에서도 관료는 그 일은 자신의 권한이 아니라고 발을 빼거나, 당장 필요한 혈청조차 총독부의 허가 절차가 필요하다며 지연하는 식이었죠. 최대한 빠르게 대응해 전염병의 고리를 끊거나 사람을 살려야 하는 상황에서 정부의 이런 태도는 페스트에 더 큰 힘을 실어주는 것밖에 되지 않았습니다.

카뮈는 위기관리 능력이 떨어지는 정부를 비판합니다. 사실 이처럼 무능한 정부는 어느 시대 할 것 없이 항상 있었습니다. 최근 코로나19 시대엔 세계 최고의 강대국이며 선진국이라 일컬어지는 정부들의 민낯이 고스란히 드러나기도 했습니다. 미국은 코로나19 최초 발생지였던 중국과 제일 먼저 담을 쌓은 나라임에도 불구하고, 결국 하루에도 수만 명씩 감염자가 나오고 수천 명의 사람들이 죽는 일이 벌어졌습니다. 심지어 5천 명이나 되는 승조원이 타고 있던 항공모함에서 코로나19가 발생했는데도 즉시 확실한 조치를 취하지 못했죠. 언론들은 중국과 우리나라에서 감염이 확산되고 있는 걸 보면서도 강 건너 불구경하듯 초기 대응에 미흡했던 정부의 안일한 대처가 가장 큰 원인이었다고 다투어 보도했습니다. 오랑시의 관료들처럼 각 정부의 수반이나 관련 공무원들이 전문가의 충고에 귀 기울이지 않았던 겁니다.

도우려는 남자, 떠나려는 남자

리유에겐 일 년 전부터 병석에 누워 있던 부인이 있었습니다. 하지만 운이 좋았던 건지 어떤 건지 그녀는 정부가 6,231 마리의 쥐를 소각시켰다는 뉴스가 방송되기 일주일 전쯤 오랑시 외곽으로 나가는 기차를 탔습니다. 어느 산중의 요양소에 가기 위해서였죠. "모든 게 좋아질 거요. 제발 몸조심해요." 수많은 사람이 오가는 플랫폼에서 둘은 차마 돌아서기 힘든 이별을 합니다. 그리고 며칠 후, 혼자 남은 아들을 살피러 노모가 오랑시로 들어오죠. 리유는 외로움을 느낄 사이도 없이 오랑시를 슬금슬금 덮치기 시작한 페스트균의 정체를 파악하고, 의사로서 할 수 있는 일에 몰두하고 있었죠. 정부 관계자들에게 이 사실을 알리고, 정보를 교환하고, 사람들을 치료하는 등 그 어느 때보다 바쁘게 움직였습니다.

그러던 어느 날, 각자의 사정을 가진 남자 둘이 시차를 두고 리유를 찾아옵니다. 먼저 그를 찾아온 남자는 타루였죠. 타루는 책에서 '묘하다 싶으면서도 우정이 느껴지는 사람'으로 묘사되는 인물인데, 그는 이 도시로 온 이후 모든 것에 만족하며 살았습니다. 그리고 그는 자신이 본 것을 기록하는 습관이 있었는데, 죽은 쥐가 나오기 시작했던 초기, 그의 기록은 리유에게도 이 모든 상황을 판단할 좋은 정보가 되어주었죠.

그는 리유에게 이렇게 말합니다. "페스트는 점점 심해지는데, 정부는 저 모양이고 의사도 부족하니 제가 민간보건대를 만들어 함께하려 합니다." 이후 둘은 페스트를 상대로 함께 싸우게 됩니다.

다른 한 사람은 랑베르 기자였습니다. 그는 파리의 큰 신문사 기자로 이 도시 사람이 아니었죠. 심지어 사랑하는 사람을 두고 왔기 때문에 페스트 창궐로 봉쇄된 도시에서 빠져나가려 했지만 발이 묶였죠. 결국 그가 생각해낸 것은 자신이 페스트에 걸리지 않았다는 것을 증명하는 진단서였습니다. 무증상 진단서만 있으면 국경을 지키는 군인도 그를 밖으로 보내줄 거라 믿은 거죠. 그리고 자연스럽게 이 도시로 와 한 번 만난 적이 있는 의사 리유를 떠올립니다. 랑베르는 리유를 찾아가 무증상 진단서를 끊어 달라 요청합니다.

"게다가 비록 내가 그 증명서를 써 드린다 해도 아무 소용이 없을 것입니다."

"왜요?"

"왜냐하면 이 도시에는 선생과 사정이 비슷한 사람들이 수천 명이나 있고, 그런데도 당국은 그 사람들을 내보내주지 않으니까요."

"페스트에 안 걸린 사람들도요?"

"그것은 충분한 이유가 못 됩니다. 참 어리석은 이야기지요. 나도 잘 압니다. 그러나 그것은 우리 모든 사람들에게 관계되는 문제입니다. 현실을 있는 그대로 감수해야만 합니다."

"하지만 나는 이 고장 사람이 아닌데요!"

"지금부터는 유감입니다만, 선생은 이 고장 사람입니다. 다른 모든 사람들처럼 말입니다."

그 사람은 흥분했다.

"이건 그야말로 인도적인 문제입니다. 서로 마음이 잘 맞아서 살고 있는 두 사람에게 이러한 이별이 어떤 것인지를 아마 선생님께서는 이해하지 못하실 겁니다. (중략) 나는 이 도시에서 나가고 말 것입니다."

의사는 그 심정 역시 이해할 수는 있지만 그런 일은 자기와는 무관하다고 말했다.

"아니에요, 관계가 있지요. (중략) 내가 선생님을 찾아뵌 것도, 이번에 취해진 결정에 선생님의 역할이 컸다는 말을 들었기 때문입니다. (중략) 그러나 선생님은 (중략) 남의 일은 생각해 본

적도 없으시군요. 생이별을 한 사람들에 대해서는 생각해 보지
도 않으셨어요."

리유의 사정을 알 길 없는 랑베르는 이렇게 말하고 말죠. 하
지만 랑베르는 어떤 말로도 리유를 설득하지 못합니다. 이후
그는 국경을 빠져나갈 수 있는 편법도 찾아봅니다. 하지만 어
떤 방법으로도 나갈 수 없다는 것을 확인하게 될 뿐이었죠. 어
느 날 랑베르의 초대를 받고 리유와 타루가 그를 찾아갑니다.
대화는 말싸움으로 번지게 되었죠.

"당신들은 왜 그렇게까지 합니까? 영웅심이죠?" 랑베르의
공격적인 말투에 리유는 이렇게 대꾸합니다. "정말 중요한 건
사랑하는 사람을 위해 최선을 다하는 행동입니다. 영웅심은
중요하지 않아요."

그리고 리유는 그 장소를 떠나버리죠. 리유의 뒤를 따라 나
가면서 타루는 랑베르에게 한 마디 남깁니다. "저 의사의 부인
이 밖의 요양소에 나가 있어요. 당신은 여자 친구를 못 보고
있지만, 저 양반은 부인을 못 보고 있어요. 영웅심이 아니라 영
웅인 거죠."

이 말에 충격을 받은 랑베르는 다음 날 리유에게 전화를 걸
어 "이 도시를 떠나기 전까지 민간보건대에서 함께하고 싶다"

고 말합니다. 리유는 이렇게 또 한 명, 페스트에 대항해 싸우려는 동료를 얻게 되었죠.

누가 적인가?

페스트로 도시는 마비됩니다. 그와 함께 모든 경제활동도 멈춰버렸죠. 하지만 단 한 곳만큼은 인산인해를 이루고 있었습니다. 성당이었죠. 주말이면 해수욕장으로 나들이 갔던 사람들이 이제 하나둘 성당으로 모이기 시작한 겁니다. 이는 의사 리유를 긴장시키는 일 중 하나였습니다. 페스트는 사람에서 사람으로 전염되는 병이었으니까요. 전염의 고리를 끊기 위해서는 오직 하나의 방법만이 필요하죠. 서로에게 거리를 두고 위생을 철저히 하는 것. 코로나19 사태에서 철저한 격리와 사회적 거리 두기가 중요한 수칙인 것과 다르지 않은 상황이었습니다. 하지만 사람들은 격리를 통한 예방보다 신을 더 믿었죠. 그들은 자신들의 일상을 파괴한 이 무서운 전염병을 신이 내린 형벌로 여겼습니다. 그러니 아주 자연스럽게 성당에서 신께 기도하는 것만이 이 형벌을 거둘 수 있는 길이라고 생각한 거죠.

"이 모든 것은 주님의 심판입니다. 여러분의 죄가 하느님의 역정을 불러일으켰고, 주님께서 채찍을 흔드는 겁니다. 여러분은 각성해야 합니다. 여러분의 죄 때문이니까요." 파늘루 신부의 이 말에 사람들은 무릎을 꿇고 회개합니다. 이 모습을 전해 들은 리유는 비판의 날을 세웁니다.

14세기 2천만 명에서 3천만 명 가까운 사람이 페스트로 목숨을 잃었죠. 페스트가 휩쓸고 간 도시들은 거의 폐허에 가깝게 변했고 경제체제는 무너졌습니다. 기록에 따르면, 원래 유럽의 인구 수를 회복하는 데에만 300년이 걸렸다고 합니다. 이때에도 사람들은 성당으로 몰려갔었죠. 그리고 중세 유럽의 신부들 역시 파늘루 신부처럼 말합니다. "이건 신이 내린 벌입니다."

신이 왜 벌을 내릴까요? 죄지은 이들이 많아서라는 거죠. 그럼 당시 죄인은 누구였을까요? 세상을 현혹하고 다니는 마녀였습니다. 왜 마녀일까요? 인간은 자신이 이해할 수 없는 것을 신이나 초자연적인 어떤 존재에게 미루는 버릇이 있습니다. 당시 중세 유럽에서 페스트와 가축들의 전염병, 기근 등은 이해할 수 없는 일종의 재앙이었고, 그 재앙을 가져온 건 마녀라는 것이었습니다. 수많은 사람이 마녀로 지목되어 억울하게 살해당했는데, 유대인 학살도 그런 맥락이었죠. 유대인들이 우물에 독을 타서 전염병을 일으켰다는 이상한 소문도 퍼집니다. 당시 유럽에 살던 유대인들은 개종을 하지 않았다는 이유로 탄압을 받고 있었습니다. 그런데 근거 없는 소문에 동요한 사람들은 그 어느 때보다도 잔인하고 가혹하게 유대인들을 탄압했습니다. 알 수 없는 적에 대한 공포와 분노가 만들어낸 희생양, 마녀사냥이었던 거예요.

진짜 적은 페스트였으며 페스트를 극복하는 방법을 찾는 게 먼저였지만, 이성을 잃은 사람들은 그들의 분노와 고통을 쏟아부을 희생자를 선택한 거죠. 놀라운 일이지만, 이러한 현상은 과학 문명이 발달한 21세기에도 종종 일어납니다. 가까운 예로 코로나19 사태만 봐도 우리는 누가 진짜 적인지 헷갈릴 때가 있었어요.

코로나19와의 전쟁에서 적은 바이러스인데도 불구하고 적에게 공격당한 부상자, 즉 감염자를 비난하기도 했죠. 물론 수칙을 지키지 않고 민폐를 끼친 사람들도 있었어요. 이들은 그에 합당한 처벌을 받으면 되는 거예요. 그런데 이를 바탕으로 모든 감염자를 싸잡아 비난하거나 소외시키는 건 코로나19와의 전쟁에서 결코 도움이 되는 일은 아닙니다. 특히 코로나19의 첫 발생이 아시아였다는 이유만으로 세계 도처에서 아시아인을 테러하는 사례가 심심치 않게 보도돼 깊은 우려를 자아

냈습니다. 무엇보다 전염병은 어느 누구에게도 피할 수 있는 특권을 주지 않아요. 누구나 걸릴 수 있는 게 전염병이죠. 그런데도 바이러스에 감염된 것 자체를 비난한다면 중세 마녀사냥과 뭐가 다를까요?

가짜 뉴스라는 또 다른 전염병

오랑시의 모든 사람이 다 고통에 시달린 것은 아닙니다. 평소 경찰에 쫓기며 살았던 범죄자들은 오랜만에 평화로운 시간을 누리게 되었죠. 또 이 상황을 이용해 돈을 버는 사람들도 있었습니다. 도시의 봉쇄로 모든 생필품이 부족해지자 재고를 더 높은 가격에 팔아 이익을 얻는 이들이 등장하지요. 누군가에겐 불행한 상황이 다른 누군가에겐 행운이 되는 아이러니한 상황이 된 겁니다.

한편, 오랑시는 점점 더 곪아가고 있었습니다. 특히 밤은 도시의 공포감을 더욱 극대화합니다. 등화관제로 캄캄해진 밤, 황량한 도시에 여기저기서 총성만 울립니다. 봉쇄된 시의 문을 넘어 탈출하려는 자들을 쏘거나 페스트를 전파할 수 있다면서 개와 고양이들을 죽이고….

그런데 총만큼이나 끔찍한 무기가 사람들의 정신을 겨누었습니다. 가짜 뉴스였죠. 정확하고 투명한 정보를 교환해도 이기기 힘든 전쟁에서 잘못된 정보를 알리는 가짜 뉴스가 판을 칩니다. 실제 수보다 더 과장된 사망자 수, 페스트균에 대한 잘못된 정보 등이 사람들 사이에 빠르게 전파됩니다. 심지어 '알코올이 페스트균을 죽일 수 있다'라는 가짜 뉴스에 모든 술집의 술이 순식간에 동나버리는 일도 있었습니다.

'어쩌면 이렇게 지금 우리와 똑같은지…!' 2020년 코로나19 때도 제법 많은 사람이 이런 말을 입에 올렸죠. '알코올로 소독하면 바이러스는 죽어.' 그러니 술을 마시는 동안엔 코로나에 걸릴 위험이 없다고요. 알베르 카뮈는 예언자 수준의 섬뜩하리만치 놀라운 혜안으로 오늘날 우리의 모습을 80년 전 소설에 담아내었습니다. 다시 소설로 돌아가 오랑시 이야기를 해보도록 하겠습니다.

페스트라는 적의 본질을 알려는 사람은 극소수이고, 점점 더 많은 사람들이 공포를 끊임없이 재생산하며 두려워하거나 엉뚱한 가짜 뉴스에 휘둘립니다. 심지어 정확한 정보를 제공할 의무가 있는 신문조차 그다지 이성적이지 않은 대안을 제시하기까지 합니다. 한 신문사에선 "과거 유럽에서 페스트가 휩쓸자 의사들이 자신을 보호하기 위해 기름 먹인 옷을 입었다"는 기사를 내보냈죠. 페스트균은 공기, 접촉, 오염된 음식물을 통해 전염되죠. 비옷을 입는 것으론 예방책이 될 수 없었어요. 그런데도 사람들은 하나둘 비옷을 꺼내 입기 시작해요. 비도 오지 않는 무더운 여름날, 비옷은 그야말로 고욕이지만 페스트균을 막을 수 있다는 데 뭔들 입지 못할까요. 그런데 문제는 누구나 다 비옷을 가지고 있지 않았다는 거죠. 상인들은 이때다 싶어 유행에 뒤떨어져 그동안 팔 수 없었던 비옷을 시장에 내놓기 시작하죠. 지금으로 따지면 마스크가 그랬죠. 갑자기 수요가 늘자 공급에 문제가 생기고, 그 때문에 또 어떤 사람은 이익을 챙기는 상황… 참 많은 부분에서 닮아 있습니다.

죽음의 공포가 길어질수록 사람들은 어떤 식으로든 그것에서 벗어날 방법을 찾을 수밖에 없습니다. 그 간절함은 이성적인 판단을 통째로 빼앗아버리기도 하죠. 그래서 한 늙은 숙직원은 이렇게 한탄합니다. "아! 차라리 지진이기나 했더라면! 한 번 와르르 흔들리고 나면 더 이상 아무 말이 없을 텐데…. 그런데 이 망할 놈의 병은 글쎄! 병에 걸리지 않은 사람까지도 생병을 앓게 한다니까."

페스트보다 무서운 굶주림

알베르 카뮈는 실존주의 철학으로도 유명하죠. 실존주의는 인간 존재의 본질을 깊이 고민하고 그에 대한 질문을 던집니다. 《페스트》 또한 우리에게 이러한 질문을 던지죠. 위기상황 속에서 인간은 인간다움을 얼마만큼 지킬 수 있는지, 또 진정한 인간다움이 무엇인지, 다양한 군상의 생각과 행동을 통해 계속 묻습니다.

'인간다움'은 추상적이며 철학적인 문제입니다. 기본적인 의식주가 해결되지 않거나 머지않아 굶어 죽을 게 빤한 상황에 내몰린 인간에게 '인간다움'이라는 건 아무 의미 없는 말일 수 있습니다. 그런데 단지 개인에게 닥친 불행이 아니라 전쟁이든 전염병이든 사회 전체에 닥친 불행 상황에서 인간의 존엄은 더 간단히 쓰레기통에 처박히게 되죠.

코로나19 사태에서 우리는 그러한 일을 텔레비전 뉴스를 통해 목격했습니다. 미국 뉴욕주에서 하루에도 수백 명씩 무연고 사망자가 생기자, 그 수많은 시체를 하트섬에 집단으로 매장한 사건이 일어났습니다. 하트섬은 미국 뉴욕시 브롱크스 북동쪽에 있는 길이 1.6킬로미터 폭 530미터의 외딴섬인데, 지난 150년간 무연고 시신을 안치하는 묘지로 사용되어왔죠.

얼마나 많은 코로나19 희생자가 묻혔는지 모르지만, 관을 상자 쌓듯 겹겹이 쌓아 매장하는 모습에서 '죽음에 대한 예의'는 찾기 어려웠습니다.

소설에서도 마찬가지입니다. 페스트로 죽은 이들의 사체는 그저 페스트를 퍼뜨릴 가능성이 큰 불길한 고깃덩어리에 불과하죠. 그래서 이들이 누구였는지 어떤 삶을 살았는지 상관없이, 심지어 가까운 이와 제대로 된 이별 한 번 못한 채 깊은 구덩이 속에 처박히고 맙니다. 이러한 일은 아직 죽지 않은 이들에겐 깊은 상처와 두려움을 안겨주었습니다. 오늘 저 구덩이 속에 처박히는 건 당신이지만, 내일은 내가 될 수도 있을 거라는 가능성. 이 가능성은 죽음보다 더 무섭게 느껴집니다.

한편 시체를 치우는 인부들은 오랑시에서 가장 바쁜 사람들이 되었죠. 성당 공동묘지 옆에 파놓은 구덩이로 끊임없이 들이닥치는 구급차에서 벌거벗겨지고 뒤틀린 시체들이 들것에 실린 채 구덩이 속으로 던져지죠. 그러면 인부들이 그 위에 생석회를, 다음에는 흙을 덮습니다. 하지만 아무리 조심해도 인부들 역시 페스트의 날카로운 이빨에 목덜미를 사정없이 물어뜯기고 맙니다. 그들 대부분이 구덩이에 들어갈 다음 손님이 되어버렸죠. 인부들이 일하다 묻히고, 또 새로운 인부들이 일하다 묻히는 일이 계속 반복됩니다. 하지만 일손이 부족한 적은 없었습니다.

페스트보다 더 무서운 건 가난이었으니까요. 전염병에 대한 공포는 사치였습니다. 사실 이들에겐 두 가지 선택만이 남아 있었기 때문입니다. 굶어 죽거나 병에 걸려 죽거나.

두려움에 일그러진 그 마음들

오랑시 정부는 연일 시민들에게 진정하고 평정을 찾아야 한 다고 말합니다. 하지만 이미 죽음의 공포와 경제적 파탄에 시 달리던 사람들은 결국 광기에 휩쓸리고 말죠. 그 광기는 도시 곳곳에서 발생하는 화재로 형상화됩니다.

시의 서쪽 문 근처 별장 지역에 다시 화재가 빈발하는 현상이 나타났다. 조사 결과, 예방 격리에서 돌아온 사람들이 상사喪事 와 불행에 눈이 뒤집혀서, 페스트를 태워 죽여 버린다는 환상 으로 자기네 집에다 불을 지르곤 했던 것이다.

정부는 격리소에 다녀온 사람들 집에 이미 충분한 소독을 하고 있었습니다. 군이 불을 지를 필요가 없었지만 이미 마음에 병이 든 사람들은 자기 집에 불을 질렀고, 그 불은 인근으로 번져 더 큰 화재로 퍼지기까지 했습니다. 결국 정부는 방화범에게 극한 형벌을 내리고, 심지어 계엄령을 선포해 절도범이나 폭력범을 총살하기에 이릅니다.

이 부분에선 코로나19 사태 당시 필리핀 정부가 떠올랐습니다. 필리핀 대통령 두테르테가 봉쇄령을 내린 후, 이 봉쇄 조치를 어기는 사람은 그 자리에서 사살할 것이라고 경고했었죠. 그리고 실제로 한 남자가 집 밖으로 나왔다가 경찰이 쏜 총에 맞는 사건이 발생했습니다. 이때 남자는 집으로 들어가라는 경찰의 충고를 무시했고, 심지어 칼까지 휘둘렀죠. 비극은 또 다른 비극을 낳을 뿐이었습니다. 소설에서도 이 법령에 따라 절도범 2명이 총살을 당하게 됩니다.

그러나 이미 수많은 환자의 끊임없는 죽음으로 2명의 총살은 시민들에게 무감각하게 다가옵니다. 오히려 시민들이 보다 두려워했던 것은 징역형이었습니다. 감옥에 가면 집단감염이 될 가능성이 훨씬 더 커지기 때문이었죠. 이 장면에서는 이탈리아 교도소 탈출 사건이 떠올랐습니다. 코로나19에 대한 공포감이 커지자 이탈리아 남부 교도소에서 죄수 50여 명이 탈출하는 사건이 발생했죠. 이 사건으로 7명의 죄수가 그 자리에서 목숨을 잃어야 했습니다.

《페스트》에 나오는 대부분의 이야기는 수십 년 뒤 발생한 코로나19 사태와 놀라울 정도로 비슷합니다. 마치 오늘의 우리를 책이라는 거울을 통해 비추어보고 있는 느낌마저 들죠. 게다가 그 모든 상황을 현실보다 더 현실처럼 묘사하는 작가의 필력은 저의 뜨거운 심장을 뛰게 하는 데 부족함이 없었습니다. 몹시 생생한 작가의 필치에 전율이 일기도 했습니다.

"제가 증오하는 건 죽음과 불행입니다"

페스트는 신분이나 성별을 따지지 않았습니다. 물론 나이도 따지지 않았기에 어리고 순수한 아이도 페스트의 손아귀에서 벗어날 수 없었죠. 그 대상엔 오통 판사의 어린 아들도 있었습니다. 오통 판사는 리유와도 안면이 있는 오랑시의 법조인으로 엄격한 성격의 소유자였습니다. 당시 많은 사람은 격리될 것을 두려워한 나머지 자신이나 가족들이 증상을 보이면 숨기기에 바빴죠. 하지만 원칙주의자인 오통 판사는 아들이 병에 걸린 것 같다고 신고한 뒤, 가족 모두가 격리됩니다.

리유는 아이의 증상을 보고 아주 절망적인 상황이라는 판단을 내립니다. 페스트균에 침식된 아이의 작은 몸은 아무런

저항도 하지 못한 채 죽어가고 있었죠. 그때 마침 치료제로 사용할 수 있는 혈청이 옵니다. 그 효과를 알기 위해선 임상실험이 필요한데, 리유는 그 대상으로 아이를 선택하죠. 그 순간 할 수 있는 일이라곤 그것뿐이었으니까요.

이 실험을 보기 위해 파늘루 신부, 랑베르 기자, 민간보건대 대장 타루, 새 혈청을 만든 리유와 의사 등 소설의 주요 등장인물들이 다 모입니다. 다들 혈청의 효과를 지켜봐야 했기 때문이죠. 하지만 그들 대부분은 아이의 고통을 지켜보는 것에 심한 괴로움을 느낍니다. 어린아이가 고통에 겨워 죽어가는 모습을 어느 누가 덤덤하게 지켜볼 수 있을까요.

어린애는 몸을 바싹 오그렸고 전신을 태워 버릴 듯한 불꽃의 공포에 질려 침대 밑바닥으로 파고들었다가 (중략) 그 발작이 끝나자 기진맥진해진 아이는 뼈가 드러나 보이는 두 다리와 사십팔 시간 동안 살이 완전히 다 녹아 버린 듯한 두 팔에 경련을 일으키면서, 황폐해진 침대 위에서 십자가에 못 박힌 듯한 괴상한 자세를 취하는 것이었다.

아이의 고통을 목격한 사람 중에서도 신부가 가장 극심한 고통을 느낍니다. 그는 무릎 꿇고 기도를 올립니다. "나의 신이여, 이 아이를 구해주세요." 하지만 아이는 발작을 일으키고 괴로워하기를 반복하다 결국 죽어버리죠. 그때, 그동안 자신의 감정을 잘 표현하지 않았던 리유가 신부에게 화를 내고 맙니다. "신부님, 신부님이 하느님의 심판이라 했잖아요. 여기에 무슨 죄가 있습니까? 만약에 죄 없는 아이를 심판하는 것이 당신의 신이라면 나는 당신의 신을 믿지 않을 겁니다."

신부는 왜 자신에게 화를 내는지 묻습니다. 자신 또한 아이의 죽음을 지켜보는 게 몹시 힘들었다고 항변하죠. 리유는 더할 나위 없는 피곤함을 느끼면서도 한결 부드러워진 어조로 말합니다. "미안합니다. 신부님. 제가 증오하는 건 죽음과 불행입니다. 그리고 저와 신부님은 그것에 맞서 함께 싸우고 있죠." 리유는 감정이 격해진 그 순간에도 진정한 적이 누구인지 기억하고 있었던 거죠.

'당신들'이 아닌 '우리'

아이의 죽음을 목격한 이후에도 신부의 강론은 계속됩니다. 그런데 이전의 강론과는 달라진 점을 찾을 수 있었습니다.

그는 싸늘하고 고요한 성당의 남자들만으로 한정된 청중들 한가운데에 자리를 잡고 앉아서, 신부가 설교대 위로 올라가 선 것을 보았던 것이다. 신부는 첫 번째보다 부드럽고 신중한 말투로 이야기를 했고, 또 몇 번씩이나 청중들은 그의 말투에서 모종의 주저하는 빛을 발견했다. 더 이상한 것은 그가, 이제는 '여러분'이라고 하지 않고 '우리들'이라는 말을 쓰는 점이었다.

그전엔 "여러분의 죄를 하느님이 심판하십니다"라고 했다면, 이젠 "우리는 모두 죄인입니다"라고 바꾼 거죠. 페스트가 하느님의 심판이라는 소신은 그대로였지만 '죄인'이 '당신들'에서 '우리'로 바뀐 것은 리유를 상당히 놀라게 했습니다. 그리고 리유는 이 변화를 이렇게 이해하죠. '여러분'이라고 말할 때의 파늘루 신부에게선 인간에 대한 어떤 자비심도 보이지 않았다. 하지만 지금 그는 '우리'라고 하면서, 이 모든 고통을 신이 주었다고 무조건 받아들거나 모든 것을 부정할 필요가 없다고 말하고 있다. 그래서 그는 속으로 생각합니다. '신부는 이제 이단자가 되어가는구나.' 하지만 이러한 생각을 확인할 기회는 오지 않았습니다. 그 일이 있고 며칠 후, 리유는 파늘루 신부가 머물던 집 여주인에게서 신부가 페스트에 걸린 것 같다는 연락을 받았기 때문입니다.

파늘루 신부를 찾아간 리유는 그의 상태를 보고 의문에 잠깁니다. 밤새 고열에 시달린 신부는 이미 납빛으로 변해 있었고 호흡이 곤란한 상태였지만 페스트 증상은 하나도 없었기 때문이죠. 하지만 맥박이 너무 낮게 뛰어 도저히 살아날 가능성은 없어 보였습니다.

리유는 신부에게 말합니다. "제가 곁에 있겠습니다." 그러자 신부는 이렇게 대답하죠. "감사합니다. 성직자에겐 친구가 없습니다. 그들은 모든 것을 신에게 맡겼으니까요." 그리고 리유는 십자가를 달라고 요청하는 그에게 십자가를 쥐어주죠.

그런 발열 상태에서도 여전히 파늘루는 무관심한 눈빛을 유지했다. 그런데 이튿날 아침, 침대 밖으로 몸을 반쯤 늘어뜨리고 죽어 있는 그의 눈에서는 아무 표정도 찾아볼 수 없었다. 그의 카드에는 이렇게 적혔다.

'병명 미상.'

소설의 화자는 파늘루 신부를 비판의 시각으로 묘사해왔습니다. 하지만 신부가 자기 죽음에 의연하게 대처하는 묘사를 통해 저자가 신부의 신념과 봉사정신을 잘 표현했다는 생각이 들었습니다. 신부는 생전에 성당 강론은 물론 민간보건대 봉사활동에도 열심히 참여했습니다. 항상 최전방에 서 있었죠. 교회의 잘못된 점을 비판하되 그들의 신념이나 믿음은 지켜주는 것, 이 또한 카뮈가 우리에게 들려주고 싶은 연대와 화합의 길 중 하나라는 것을 느낄 수 있었습니다.

기차가 들어서기 시작한 도시

'언제 끝날까. 아니, 끝나는 날이 오기나 할까.' 페스트는 어둡고 습한 긴 터널과 같았습니다. 숨 가쁘게 뛰고 또 뛰어도 도무지 그 끝이 보이지 않았죠. 그래서 사람들은 마치 영원히 페스트의 괴로움을 견디며 살아야만 하는 것은 아닌가, 하는 걱

페스트

정을 합니다. 그런 날이 지루하게 반복되던 어느 날, 리유는 어두운 터널을 뚫고 들어서는 한 줄기 빛을 보게 됩니다.

그 즈음 민간보건대에서 함께 활동한 시청 서기 그랑이 페스트에 걸립니다. 그는 호흡조차 힘들어했고 이미 폐가 감염되었으며 살색이 파리해지고 눈에서는 광채가 사라졌죠. 그가 밤을 못 넘기겠다고 판단했던 리유는 이튿날 아침 뜻밖에 병세가 호전된 걸 발견합니다. 그뿐이 아니었습니다. 4월 이후 자취를 감추었던 쥐가 8개월 만에 다시 보이기 시작한 겁니다. 비틀거리며 피를 토하는 쥐가 아니라 고양이를 피해 재빠르게 도망갈 수 있는 건강한 쥐들이었죠. 이때만큼 쥐가 반가운 적이 또 있었을까요? 도망가는 쥐, 그 뒤를 쫓는 고양이. 이러한 광경에서 사람들은 희망을 보게 되죠. 그리고 그 희망대로 페

스트는 자연적으로 소멸하고 있었습니다.

　이젠 페스트 이전의 일상으로 돌아갈 수 있다는 희망이 생길 즈음, 민간보건대 대장인 타루가 기침을 합니다. 아직 그 도시에서 다 사라지지 않은 페스트균이 마지막 발악처럼 타루의 신체를 잠식했던 거죠. 그동안 많은 사람을 살리기 위해 노력했던 타루는 결국 완벽히 평화로운 일상을 다시 보지 못한 채 하늘의 별이 되고 맙니다. 뒤이어 리유는 오랑시가 봉쇄되기 전에 요양원으로 떠났던 아내의 사망통지서를 받게 되죠. 그는 사랑하는 친구와 부인을 동시에 잃는 아픔을 겪게 됩니다. 그리고 이때 소설의 화자는 자신의 정체를 밝힙니다. 바로 의사 리유가 자신이었다고.

　며칠 후, 드디어 봉쇄령이 풀린 도시로 기차가 들어오기 시작합니다. 신문 기자 랑베르는 첫 기차에서 내린 연인과 감격의 재회를 하죠. 리유와 관련된 인물 중에서 랑베르만이 행복한 결말을 맞습니다. 사람들은 거리로 나와 서로 부둥켜안거나 춤을 춥니다. 겉으로 보기엔 그저 페스트에 승리한 얼굴들이었죠. 페스트가 얼마나 많은 사람을 죽였는지, 그 희생자들이 구덩이 속에 어떻게 파묻혔는지에 관한 기억은 모조리 다 잊힌 것처럼 보였죠. 그로부터 며칠이 지난 뒤, 당국에서는 공식적으로 페스트의 시간이 끝났음을 알리는 불꽃을 하늘 높이 쏘아 올립니다. 뒤이어 사람들의 환호성이 곳곳에서 터져 나오죠. 이러한 모습을 테라스에서 지켜보던 리유는 페스트에 희생된 사람들과 페스트라는 불의의 폭력이 무엇이었는지를 생각합니다.

시내에서 올라오는 환희의 외침 소리에 귀를 기울이면서, 리유는 그러한 환희가 항상 위협을 받고 있다는 사실을 상기하고 있었다. 왜냐하면 그는 그 기쁨에 들떠 있는 군중이 모르는 사실, 즉 페스트균은 결코 죽거나 소멸하지 않으며, 그 균은 수십 년간 가구나 옷가지들 속에서 잠자고 있을 수 있고, 방이나 지하실이나 트렁크나 손수건이나 낡은 서류 같은 것들 속에서 꾸준히 살아남아 있다가 아마 언젠가는 인간들에게 불행과 교훈을 가져다주기 위해서 또다시 (중략) 온다는 것을 알고 있었기 때문이다.

진정한 영웅은 빨간 팬티를 입지 않는다

카뮈의 《페스트》에서 인간을 위협하는 적은 페스트균입니다. 이 적은 수시로 모습을 바꿔 인류를 위협하죠. 천재지변,

전쟁, 전염병 등의 모습을 한 적은 불시에 찾아와 인간사회를 혼란에 빠트립니다. 혼란은 또 다른 혼란을 만들죠. 사회 시스템을 무너뜨리는가 하면, 그전까지 믿었던 도덕이나 질서가 한순간에 아무것도 아닌 게 되어버리기 일쑤니까요. 한국 드라마 〈킹덤〉이 지금 시대에 주목받는 이유도 이 때문이겠죠. 드라마에 나오는 가장 무서운 괴물은 병에 걸려 온몸이 뒤틀려 신음하는 좀비가 아니라 인간성을 상실한 인간일 테니까요.

소설 《페스트》나 코로나19 세상에서도 전염병보다 더 무서운 존재들이 있습니다. 확인되지도 않은 가짜 뉴스를 퍼뜨리고, 그것을 통해 자신의 이익을 챙기거나 자신이 싫어하는 사람을 비판하는 도구로 삼는 사람들이죠. 전염병보다 더 전염성이 강한 것은 공포심입니다. 공포심은 전염병보다 더 강한 힘을 가지고 사람들의 영혼을 갉아먹죠. 그렇다 하더라도, 우리가 보았듯 카뮈는 《페스트》를 통해 우리 인간은 연대하고 협력할 때 적과의 싸움에서 승리할 수 있다는 메시지를 던져주고 있습니다.

영화 속 영웅은 빨간 팬티를 입고 빨간 망토를 두르고 하늘을 날거나, 화가 나면 온몸이 초록색으로 변하거나, 거미에게 물린 후 빌딩과 빌딩 사이로 날아다니는 모습을 보여줍니다. 하지만 현실의 영웅은 험난한 시련 속에서도 자기 분야에서 묵묵히 최선을 다해 일하는 리유나 타루 같은 우리 주변의 이웃이었습니다. 바이러스 감염 위험에서도 환자를 보살피는 의료인, 자가 격리자에게 음식 박스를 배달해준 자원봉사자, 자신의 마스크를 기꺼이 다른 이에게 양보한 시민, 그리고 '나'만이 아니라 '우리'를 보호하기 위해 뛰어난 시민의식을 보인 국민, 이 모든 분들이 진정한 우리 시대의 영웅입니다.

인류가 하나임을 보여준
보이지 않는 적

만약 지금 페스트가 창궐한다면? 소설《페스트》를 읽다 보면 페스트의 정체가 궁금해집니다. 소설 속에선 여러 시대, 여러 장소에서 페스트가 얼마나 사람을 괴롭혔는지 묘사됩니다. 페스트로 새 한 마리 볼 수 없게 된 그리스의 아테네, 죽음의 공포에 몸부림치는 사람들로 가득한 중국의 도시들, 시체들을 구덩이에 파묻는 프랑스의 마르세유 등 제가 알고 있는 것보다 훨씬 많이 페스트가 창궐했더군요. '그렇다면, 오늘날에도 페스트가 있지 않을까?' 자연스럽게 이런 의문이 들었습니다. 그래서 찾아봤더니 2019년에 중국에서 중년 부부가 나란히 페스트에 걸린 사건이 있었습니다. 그런데 다행히도 부부는 다른 사람들에게 페스트를 전염시키지 않았습니다. 왜일까요? 치료제가 있었기 때문이죠.

전염병의 원인은 크게 세균과 바이러스로 나뉩니다. 세균은 일반 현미경으로 보입니다. 또 모든 세균이 나쁜 것만도 아닙니다. 유산균의 경우는 우리 몸속에서 소화를 활발히 도와주는 역할을 합니다. 세균 중에서 인체에 해악을 끼치는 것으로 페스트나 결핵을 일으키는 균들이 있는데, 과거에는 공포의 대상이었지만 지금은 치료제가 개발되었습니다.

세균의 치료제는 바이러스보다 만들기 쉽습니다. 세균은 숙주의 몸 밖으로 나와도 살 수 있는 탓에 배양 후 실험을 통해 치료제를 만들기가 용이하죠. 반면에 전자현미경으로만 볼 수 있는 보다 미세한 바이러스는 숙주의 몸 밖에서는 자생할 수 없기 때문에 배양실험이 매우 어렵습니다. 그래서 코로나19 바이러스 백신의 개발이 늦어지는 것이죠. 그렇다면 백신 개발 전까지 우리가 할 수 있는 최고의 바이러스 대응법은 사회적 거리 두기입니다. 코로나19는 감염된 이의 재채기나 기침을 통한 비말외부로 뿜어져 나오는 타액 등로 직접 전파됩니다. 엘리베이터 버튼이나 손잡이에 묻어 있는 바이러스는 얼마 후 죽어버리니까요. 숙주가 없으면 살 수 없는 바이러스에 맞서는 가장 효과적인 방법은 다시 한번 말씀드리지만 사회적 거리 두기입니다.

바이러스는 세균보다 훨씬 무서운 특성이 있습니다. 쉽게 변이를 일으킨다는 것. 메르스, 사스가 다 이번 코로나19와 사촌 격입니다. '코로나Corona'라는 것은 영어로 크라운Crown, 즉 왕관처럼 생긴 모양의 바이러스라는 데서 비롯되었는데요. 이 바이러스가 인간 입장에서 두려운 것은 어렵사리 백신을 만들더라도 원인 바이러스가 변종을 일으켜 그 백신을 곧 쓸모없는 것으로 만들어버리기 때문이죠. 인류와 바이러스의 역사를 보면, 방패와 칼의 끝나지 않는 변증법과도 같습니다. 칼을 막는 방패를 만들면 더 날카로운 칼로 변이하고, 그것을 막는 새로운 방패를 만들면 또 모습을 바꿔 그것을 뚫는….

카뮈는 어쩌다 페스트를 소설의 주제로 삼게 되었을까요? 카뮈는 프랑스인이지만 알제리에서 태어나 자랐어요. 알제리는 아프리카에서 두 번째로 큰 국가지만 한때 프랑스의 식민지였죠. 소설 속 배경인 오랑시는 알제리 북서부에 있는 도시입니다. 카뮈는 잠시 이 도시에 머문 적이 있는데, 오랑시에서 멀지 않은 곳에서 친구가 티푸스에 걸렸다는 소식을 듣게 됩니다. 당시 카뮈는 전쟁을 주제로 한 소설을 쓰려고 계획하고 있었는데, 이 사건으로 소설의 주제가 페스트로 바뀌게 되었다는 것이 카뮈를 연구하는 이들의 의견입니다. 이 소설에서 그가 말하고 싶은 것은 전염병에 맞서 연대해 싸우는 인간의 모습이었습니다. 그는 7년여를 매달려 이 소설을 완성했고, 1947년에 세상에 내놓게 됩니다.

저는《페스트》를 읽는 내내 감탄에 감탄을 금할 수 없었습니다. 현실보다 현실을 더 실감나게 표현한 그의 묘사력과 카타르시스 직전에 끝맺는 완숙한 절제미 등은 '이래서 카뮈를 최고의 작가라고 칭하는구나'라고 느끼기에 모자람이 없었습니다. 무엇보다 위기상황에서 드러난 온갖 군상의 모습은 마치 오늘날 우리를 관찰하고 쓰기라도 한 것처럼 생생하고 날카롭죠. 이는 카뮈가 인간에 대해 얼마나 통찰력이 깊은 실존주의 작가인지를 보여주는 대목입니다. 또 인간이 위기를 극복하는 가장 좋은 방법은 서로를 믿고 의지하며 함께 싸우는 '연대의 힘'이라는, 그가 던진 메시지는 시공간을 뛰어넘어 오늘 우리에게도 중요한 울림을 줍니다. 이 소설은 제게 글의 힘을 다시금 느끼게 한 소중한 작품이었습니다.

실록도 눈을 감아버린
자녀교육 잔혹사

한중록
閑中錄

혜경궁 홍씨

역사에 아무리 관심이 없는 사람이라도 '사도세자'란 이름을 들으면 곧바로 '부왕이 뒤주에 가둬 죽임을 당한 비운의 왕세자'를 떠올릴 것이다. 그만큼 한 번 들으면 잊을 수 없는 가슴 아픈 이야기인 까닭이다. 그런데 세계에 유례가 없는 꼼꼼한 기록으로 정평 난 《조선왕조실록》에도 이 사실은 누락되어 있다. 그렇다면 이 이야기는 어떻게 우리에게 눈으로 현장을 본 듯 각인된 것일까? 혜경궁 홍씨가 지은 회고록 《한중록》 때문이다. 중고등학교 시절 우리는 영조를 역사 시간에는 조선시대 르네상스를 이끈 성군 중 성군으로 배웠고, 고전문학 시간에는 하나밖에 없는 아들을 죽인 폭군으로 배웠다. 조선시대 가장 전형적이며 아름다운 산문집으로 꼽히는 이 책 《한중록》을 읽으며 "애통은 애통이고 의리는 의리다"라는 역사의 진실을 만나보자.

《한중록》은 그날을 알고 있다

조선의 세자 사도가 뒤주에 갇혀 죽었습니다. 그런데 그렇게 만든 사람이 그의 아버지 영조라 합니다. 한 순간 실수도 아니었습니다. 8일이나 뒤주 속에 갇혀 있었으니 서서히 고통 속에 굶어죽게 내버려 둔 것이죠. 역사는 이 기이한 사건을 '임오화변王午禍變'이라 합니다. 1762년 임오년에 일어난 변고였기 때문이죠. 임오화변엔 극적인 서사가 담겨 있습니다. 갈등관계의 주연, 주연을 둘러싼 조연의 이해관계, 기이한 사건, 비극적 결말 등은 소설이나 영화 등 2차 저작물로 만들기에 손색이 없죠. 저 또한 이 극적인 이야기와 작게나마 인연이 있습니다. 2014년에 개봉한 이준익 감독 영화 〈사도〉의 해설영상을 제가 맡았거든요. 영화 〈사도〉의 전체 내용 중 약 80퍼센트는 《한중록閑中錄》의 기록에서 가져온 것으로 사료됩니다.

사실 《조선왕조실록朝鮮王朝實錄》엔 임오화변에 대한 기록이 자세히 나와 있지 않습니다. 이를테면 사도세자가 죽었다는 내용은 있지만 뒤주의 '뒤' 자도 나오지 않죠. 〈영조실록〉에 등장하는 "세자를 깊이 가두었다"라는 내용이 실록에 기록된 그날의 전부입니다. 결국 우리는 260년 전 그날 한 나라의 세자가 쌀독으로 쓰였던 뒤주에 갇힌 채 굶어 죽은 사건을 《한중록》을 통해 알게 된 것이죠. 그렇다면 이 책은 누가 무슨 이유로 쓴 것일까요? 독자 여러분도 다 아시다시피《한중록》의 저자는 사도세자의 부인이자 영조의 며느리인 혜경궁 홍씨입니다. 이 사건에서 죽이거나 죽임을 당한 주인공은 아니었으나 임오화변으로 남편을 잃었죠. 그것도 시아버지가 그녀에게서 남편을 빼앗아 가버린 겁니다. 한 인간이 감당하기엔 몹시 기구한 일이니 임오화변의 또 다른 피해자라고 할 수 있겠습니다.

그런데 영조는 무슨 마음으로 아들을 죽였을까요? 어떻게 그렇게 기이하고 잔혹한 방식으로 아들을 죽일 수 있었던 것일까요? 혜경궁 홍씨는《한중록》에 당시 상황을 세세히 기록했으나 영조의 마음마저 기록하진 못했습니다. 하지만 적어도 우리는《한중록》을 통해 사건의 맥락을 이해하면서 영조는 아들에게 왜 그랬는지, 사도는 또 왜 그랬는지 조금이나마 짐작할 수는 있을 겁니다. 이제 저의 손을 잡고 조선왕조 역사상 가장 비극적인 그날로 시간여행을 떠나보도록 하겠습니다.

환갑 나이에 한가로이 삶을 돌아보는 기록문학

"본집에 고모님 글씨 남은 것이 없어 후손에게 남길 것이 없으니 한번 친히 써 내리시면 가보로 간직하겠습니다." 혜경궁 홍씨의 조카 수영이 여러 번 이 같은 간청을 합니다. 이 간청은 혜경궁 홍씨가《한중록》을 쓰는 계기가 되었습니다.《한중록》은 모두 4편으로 구성되어 있는데, 집필 시기가 다 다릅니다. 제1편은 1795년, 제2편은 1801년, 제3편은 1802년, 제4편은 1805년에 썼죠. 그러니까《한중록》은 한 사람이 10년에 걸쳐 쓴 수필 형식의 기록물인 거죠.

《한중록》제1편의 내용은 자전적 성격이 강합니다. 출생, 어린 시절과 집안 이야기, 세자빈으로 간택될 당시의 상황 등을 편안한 문체로 썼습니다. 임오화변이 있은 지 30년이나 흘러 환갑이 되었고, 그녀의 아들인 정조가 왕위에 오른 지 19년째 되는 해였습니다. 겉으로 보기엔 그저 평화로운 날의 지속이었죠. 그래서 그녀는 수필의 제목에 '한가할 한閒' 자를 붙입니다. 그러니까《한중록》은 '한가로운 가운데 쓰는 기록'이라는 뜻이지요.

세월이 더 가면 내 정신과 근력이 지금만도 못할 듯하여, 조카

의 청을 따라 내 겪은 것을 알게 하니, 감격하여 쓰긴 하지만, 내 쇠약한 정신이 지난 일을 다 기록하지 못하고, 그저 생각나는 대목만 쓰노라.

혜경궁 홍씨가 고백하듯 《한중록》은 그저 기억의 발길이 닿는 대로 쓰였습니다. 제1편에선 자신의 어린 시절과 궁궐에서 지낸 이야기를 기록하고, 제3편은 2편의 내용에 사도세자의 죽음과 함께 자신의 가족들에 대한 이야기를 덧붙이고 있죠. 제4편에선 사도세자 사건의 내막이 자세히 기록되어 있습니다. 이게 원본 《한중록》의 구성입니다. 하지만 시중에 나와 있는 한 번역본은 먼저 사도세자 이야기를 1부에서 다루고 혜경궁 홍씨의 자전적 이야기는 2부에 나오죠. 3부는 '친정을 위한 변명'이라는 제목으로 〈읍혈록〉과 〈병인추기〉를 다루고 있는데요. 편역본에서 임오화변을 맨 앞에 기술한 이유는,《한중록》의 저자는 혜경궁 홍씨이나 그 중심에 사도세자와 영조를 두었기 때문이라 할 수 있겠죠. 사실《한중록》에서 많은 이들이 궁금해하는 것도 그 이야기일 것입니다.《한중록》의 상당 부분이 그녀가 목격한 임오화변의 진실에 할애되어 있기도 하고요. 그러나 저의 이야기는 시간의 흐름에 따라 그녀가 궁에 입궐한 시기부터 삶의 궤적을 따라가려고 합니다.

갓 열 살의 세자빈, 혜경궁 홍씨

혜경궁 홍씨가 세자빈으로 궁에 들어간 해는 1743년, 당시 그녀의 나이는 고작 열 살이었습니다. 궁으로 시집가기 전날 밤, 그녀는 슬픈 마음에 잠을 이루지 못했습니다. 사실 그녀는 물론이고 그녀의 아버지 홍봉한도 그녀가 세자빈에 간택될 줄은 꿈에도 몰랐습니다. 그도 그럴 것이 홍봉한은 말단직에 불과한 참봉이었고, 집안 형편 또한 가난하기 이를 데 없었습니다.

세자빈이 되기 위해선 나라에 간택 단자를 올리고, 삼간택이라 해서 궁궐에 들어가 면접시험을 세 번 보게 되어 있었습니다. 홍씨 가문이 얼마나 가난했냐 하면, 첫 번째 면접시험이라 할 수 있는 초간택에 입고 갈 옷이 없어 오빠가 혼수로 쓸 예정이었던 옷감으로 치마를 만들고, 속옷은 낡은 옷을 고쳐 만들어 입어야 할 정도였죠.

그렇게 어렵게 초간택에 가서도 혜경궁 홍씨는 일말의 기대도 하지 않았습니다. 가문이 미미하기도 했지만, 초간택에 참여한 처녀 중에서도 가장 어린 나이였기 때문이었죠. 그런데 반전이 일어납니다. 영조는 혜경궁 홍씨를 보자마자 '이미 너다'라고 했고, 그녀를 바라보는 공주들의 얼굴에도 화색이 돌았습니다. 심지어 궁인들조차 이 어린아이를 다투어 안아보곤 했죠. 그야말로 어른들의 사랑을 한 몸에 받았던 것입니다. 이 소식을 들은 홍봉한은 드러눕고 맙니다. 품 안에서 한참을 더 키워야 하는 어린 딸이 궁으로 갈 확률이 그만큼 높아졌기 때문이었죠. 아니나 다를까, 2차 간택과 3차 간택은 형식상 진행되었습니다. 영조의 마음엔 이미 혜경궁 홍씨가 며느리로 들어와 있었으니까요.

최종 간택을 받은 혜경궁 홍씨는 궁에서 교육을 받은 후 사도세자와 국혼을 치릅니다. 당시 사도세자의 나이 또한 홍씨와 동갑인 열 살이었습니다. 혜경궁 홍씨와 마찬가지로 부모의 사랑을 원 없이 받아야 할 어린 나이였죠. 하지만 당시에도 이미 사도세자와 영조의 관계는 멀어져 있었습니다. 이를 바라보던 혜경궁 홍씨는 이렇게 기억합니다.

내 두렵고 조심스러워 일시도 마음을 놓지 못하니라. 경모궁 (사도세자)께서도 부왕(영조)께 친애는 뒤지시고 두려움은 더하셔서, 아직 열 살 된 아기로되 감히 마주 앉지도 못하기고 신하들처럼 몸을 옹송그려 뵙던 것이니 어찌 그리 과하시던고 싶더라.

혜경궁 홍씨는 처음엔 사도세자에 관해 "영조를 어려워하고 무서워했으나 그 효성은 지극한 이"로 표현합니다. 하지만 날이 갈수록 병증이 깊어져 영조에게 야단맞는 모습을 계속 보게 되죠. 여기서 병증은 몸에 드는 병이 아니라 자신의 화를 다스리지 못하는 마음의 병을 뜻합니다. 이러한 일의 반복이 결국 임오화변이라는 결과를 가져오게 된 것이죠. 그렇다 하더라도 이 정도의 일로 아버지가 아들을 죽이는 건 몹시 과합니다. 그렇다면 이들 두 부자 사이엔 무슨 일이 있었던 것일까요? 아니, 그전에 영조는 어쩌다 사도세자를 멀리하게 된 것일까요?

높은 기대와 함께 깊어만 가는 실망의 골

사도세자는 영조가 42세에 가진 늦둥이 아들입니다. 영조에겐 효장세자라는 아들이 있었지만, 어린 나이에 병사하여 가슴에 묻은 깊은 상처였습니다. 그런 나이에 후궁이었던 영빈 이씨迎賓李氏가 아들을 낳았으니 영조가 얼마나 기뻤겠습니까? 그 기쁨이 어찌나 컸던지 이제 막 태어난 아이를 원자로 책봉하는가 하면, 두 살이 되던 해엔 세자로 책봉합니다. 그 아이가 어찌나 총명한지 겨우 세 살에 한자를 깨치니 영조의 기쁨은 더해져만 갔죠. 단순히 문자를 읽고 쓰는 것에 그친 것이 아니라 그 뜻까지도 정확하게 알고 있었습니다. 더 놀라운 건 자신이 깨친 문자를 실행에 옮겼다는 겁니다. 비단옷을 내어놓으면 "사치라, 남부끄러워 싫다"라고 하고, 무명옷을 내어놓으면 "이건 사치가 아니라"며 입었다고 합니다.

이처럼 영특한 아이였으니 사도세자에 대한 영조의 기대치는 한껏 부풀어 올랐을 겁니다. 그런데 어느 순간부터 아이의 성향이 바뀌기 시작합니다. 읽으라는 글은 읽지 않고, 칼이나 활을 만드는 데 몰두합니다. 그나마 읽는 글도 《서유기》 같은 소설이었고, 도교 경전 등에 심취했죠. 영조는 아들의 이러한 태도를 못 마땅히 여겨 만나기만 하면 꾸짖었습니다.

> 영조께 엄한 하교를 자주 들으시니라. 내 걱정스럽고 두려워 어찌할 바 모르니 이를 어찌 다 형용하리오.

만났다 하면 잔소리와 큰소리를 반복하는 아버지를 그 어떤 아들이 좋아하겠습니까. 그런데 그 아버지가 일국의 왕이었으니 싫은 감정을 넘어서서 두려웠을 겁니다. 추상같은 권력 앞에서 여느 아들들처럼 제대로 된 반항 한 번 해보지 못했겠지요. 그 영특한 사도세자가 왜 잡기에 빠지고 무술에 관심을 가지게 되었을까요? 혜경궁 홍씨는 그 이유를 동궁전東宮殿 내인들 탓으로 돌립니다. 당시 궁중의 법도로는 세자로 책봉된 원자는 동궁전에서 살게 되어 있었습니다. 동궁전은 왕의 거처와 꽤 떨어진 거리에 있었습니다. 이 책의 저자인 혜경궁 홍씨는 어린 사도세자를 돌보았던 내인들, 그중에서도 특히 보모 격인 최 상궁과 한 상궁이 사도세자를 망쳤다고 판단하고 "그 한 상궁이 한 일이 어찌 흉악하고 무상치 않으리오"라며 한탄합니다. 영조 또한 사도세자를 잘못 키운 죄를 물어 사도세자가 7세 되던 해에 한 상궁을 궁 밖으로 내칩니다. 하지만 다른 궁인들은 그대로 두었지요. 그런데 이해하기 힘든 일이 펼쳐집니다.

이후 영조께서 동궁에 가시고 싶으셔도 그 내인들 보기 싫으셔서 가시는 일이 줄어드니라. 그 내인들을 다 들어 내치지는 못하시고 오히려 동궁을 그 고이한(이상야릇한) 내인의 수중에 넣어 두시며, 그 내인들 밉기로 그 동궁을 드물게 보러 다니시니, 어찌 갑갑한 일이 아니리오.

영조는 왕이었으니, 보기 싫은 궁인이 있다면 가차 없이 쫓아내거나 심지어 죽일 수도 있는 권력을 가졌습니다. 그런데 오히려 궁인이 보기 싫다고 아들이 있는 곳으로 가는 발걸음을 줄였다는 건 선뜻 이해할 수 없는 노릇이죠. 도대체 궁인들은 왜 어린아이에게 글공부를 가르치지 않았으며, 영조는 왜 궁인들을 그냥 내버려 둔 것일까요? 또 혜경궁 홍씨는 어째서 사도세자의 허물을 궁인 탓으로 돌린 것일까요? 그것은 그 궁인들이 다름 아닌 경종의 궁인이었기 때문이죠. 경종은 영조의 이복형으로 왕위에 오른 지 4년 만에 죽습니다. 당시 많은 이는 영조가 경종을 죽였다고 생각했죠.

자신의 트라우마를 가리기 위한 결벽

방송가에선 잊을 만하면 나오는 드라마가 있습니다. 바로 장희빈 이야기죠. 그녀는 신분의 한계를 뛰어넘어 숙종의 사랑을 받았지만 결국 사약을 마시고 비극적 죽음을 맞이하게 됩니다. 경종은 바로 숙종과 장희빈 사이에서 태어난 아들이죠. 경종의 이복동생 영조는 무수리 최씨가 낳은 아들이고요. 그런데 경종은 어릴 때부터 몸이 허약하고, 마음은 유약했습니다. 왕위에 오르고서도 걸핏하면 병치레를 했죠. 이에 경종을 모셨던 소론과 대척점에 있던 노론은 연잉군훗날 영조에게 접근합니다. 당시 노론은 차기 대권주자를 물색하다 연잉군을 선택했던 거죠.

그러던 중 경종이 간장게장과 곶감을 먹은 후 속병이 나 자리에 눕는 일이 벌어집니다. 연잉군은 치료약으로 인삼과 부자를 가지고 형님한테 문병을 가게 됩니다. 그런데 이상한 일은 의원들이 상극인 음식이라 먹지 말라 했지만, 연잉군이 이를 불쾌히 여기자 경종은 결국 인삼과 부자를 먹게 되죠. 그리고 경종이 승하하게 됩니다. 이렇게 해서 천한 무수리의 자식인 연잉군이 왕위에 오르게 되는데요. 그러니 소론들은 '저놈이 독살한 거다'라고 내심 생각하고, 소론의 대표 이인좌가 영조를 왕위에서 끌어내리기 위해 난을 일으킵니다.

난은 곧 진압되지만, 이 사건은 영조에게 트라우마를 남깁니다. 궁녀보다 낮은 신분이었던 무수리 어머니를 둔 것만으로도 콤플렉스였는데 선왕의 살해범으로 몰리기까지 했으니 어떻게든 자신의 결백을 보여주고 싶었을 겁니다. 그래서 생각한 게 경종의 사람들이었던 궁인들을 사도세자의 보모로 들인 것이었습니다. 이러한 행동 이면에 깃든 영조의 심리는 이랬을 겁니다. '나는 형님을 죽이지 않았다. 만약 내가 형님을 죽였다면, 내 아들을 저 나인들에게 맡길 수 있겠느냐?' 영조

는 그를 반대하는 이들에게 정치적인 메시지를 던졌던 것이
죠. 하지만 혜경궁 홍씨가 보기에 영조는 아들을 무책임하게
내버려 둔 아버지일 뿐이었습니다.

어찌하신 헤아림인지 그 귀중한 종사를 맡길 아드님을 얻어, 법
도는 둘째로 치고 부모 곁에 두고 길러 성취하시려 하지 않고,
처소로부터 멀리 떨어뜨리니, 경모궁께서 인사人事를 겨우 아실
즈음부터 떨어져 지낼 때가 많고 모일 때가 적었다 하니라. 그
러니 경모궁께서 아침저녁으로 대하시니 환관과 내인이요, 들
으시니 시중의 자잘한 얘기들뿐이니, 이것이 벌써 앞일이 잘되
지 못할 장본이라. 어찌 섧고 원통치 않으리오.

당시 영조는 그저 거북해서 동궁전을 찾는 일을 줄였을 뿐
이었겠지만, 이는 훗날 조선 역사 어디에서도 찾아볼 수 없는
비극적인 사건의 씨앗이 되어버립니다.

몸이 멀어지니 마음은 그 제곱으로 멀어지고

《한중록》을 읽다 보면 영조에게 만정이 다 떨어집니다. 어린

사도세자를 방치한 건 기본이고, 거의 아동학대에 가까운 일을 서슴없이 하는데, 그 장면이 너무나 가슴을 아프게 합니다. 영조는 평상시 자식들에 대한 차별이 심했는데요. 영빈 이씨의 큰딸인 화평옹주는 지나치게 예뻐하여 만나기 전에 항상 새 옷을 입고 딸을 불렀다 합니다. 그런데 어쩐 일인지 동복의 동생인 화협옹주와 그 동생 사도세자는 이해할 수 없을 정도로 미워하여 보는 이의 가슴을 저리게 했습니다. 한 예로, 영조는 사도세자에게 '밥을 먹었냐' 묻고는 사도세자가 대답하면 그 자리에서 귀를 씻어버렸습니다. 또 귀를 씻은 물은 자신이 싫어하는 화협옹주 거처 쪽으로 쏟아버리곤 자기 처소로 가버렸습니다. 영조는 불길한 말을 들으면 귀를 씻고 입을 닦는 버릇이 있었는데, 그걸 자식 괴롭힘 용도로 사용한 거죠.

이런 아버지의 행동에 화협옹주와 사도세자는 서로 마주보고 "우리 남매는 귀 씻을 준비물이로다"라며 서로 웃더랍니다. 자식들에 대한 학대가 반복되다가 결정적으로 부자간의 관계가 멀어진 것은 사도세자가 열다섯 살 되는 해였습니다. 이해에 영조는 사도세자에게 정사를 맡기는 대리청정을 하게 됩니다. 대리청정은 왕이 자신의 업무를 세자에게 맡기는 일종의 정치 선행학습 정도로 이해해 두시면 좋을 것 같아요. 왕이 상좌에 앉고 그 아래 세자가 앉아서 대신들과 정사를 논의하는 형태의 날들이 펼쳐집니다.

사도세자는 중요하고 민감한 상소를 혼자 결정할 수 없어 영조에게 "어떻게 하면 좋겠습니까?"라 물었습니다. 그러자 "그것 하나 결정을 못 하다니. 그러고도 네가 세자냐?"라는 핀잔만 돌아왔죠. 그래서 스스로 결정해 일을 처리하면 이번엔 "네가 왕이냐? 왜 네 마음대로 해?" 했고요. 자기가 뭘 하든 무조건 화부터 내고 핀잔을 주니 사도세자로선 기가 막힐 노릇이었을 겁니다.

심지어 영조는 지독한 추위, 쏟아지는 폭우, 땅을 마르게 하는 가뭄 등과 같은 천재지변에 백성들이 고통을 당하면 '사도세자에게 덕이 없어 이렇다'고 모든 탓을 사도세자에게 돌렸죠. 상황이 이러하니 사도세자의 정신이 멀쩡한 게 더 이상할 지경이었죠.

소조(사도세자)께서 날이 조금 흐리거나 겨울에 천둥이라도 치면, 대조(영조)께서 또 무슨 꾸중을 하실까 근심하시며 사사건건 두려워 떨고 이로 인하여 나쁜 생각이 나니, 이것이 병환의 싹이라.

더 심각한 것은 대신들이 보는 앞에서 사도세자에게 자주 역정을 냈다는 겁니다. 사도세자는 훗날 왕이 될 사람이었습니다. 당시에는 영조의 신하지만 앞으론 자신의 신하가 될 사람들 앞에서 역정을 내시니 세자로서의 위신을 세우려야 세울 수 없었을 겁니다. 많은 사람들 앞에서 면박을 주고 조롱을 해대는, 우리가 흔히 말하는 조리돌림을 아버지에게 당하고 있었던 것이죠.

영조의 자식 교육에 점수를 매긴다면 F학점일 겁니다. 아니 학사경고에 퇴학 정도 될 것입니다. 어린이 방치, 감정적인 대응, 차별대우, 언어폭력, 잔소리, 역정, 의심, 비난 등 흔히 말하는 나쁜 부모의 요소를 다 가지고 있죠. 하지만 영조는 자신의 교육법을 '엄격함'이라고 생각했을 수도 있습니다. 그 누구보다 자신에게 엄격하고 성실한 인물이었으니까요.

하지만 임금으로서의 영조를 점수 매긴다면 A++ 정도는 드려야 되지 않을까 싶습니다. 그는 놀랍게도 성군 중의 성군이었죠. 세종이 부활했다 말해도 이견을 달기 어려울 정도였습니다. 세종은 재위기간이 32년이었지만, 영조는 20년을 더한 52년을 일만 하고 살았다고 말해도 과언이 아닐 정도로 일중독이었습니다. 독자 여러분도 아시다시피 영조는 붕당 정치의 폐단을 없애려는 탕평책, 약자를 위한 부자증세 개념 법안인 균역법 등을 펼쳤죠. 그는 백성에 대하여 가혹한 형벌을 금했고, 서자의 사회적 진출을 위한 문을 열었으며, 죄인에게는 삼심제를 적용해 그 억울함을 최소화하려고 했습니다. 그는 '소통의 왕'이기도 했습니다. 연산군 때 폐지되었던 신문고를 다시 설치하고 틈이 나면 창경궁 앞에 사람을 모아 의견에 귀를 기울이는 백성의 아버지, 말 그대로 국부國父였던 것입니다. 그러니 임오화변의 역사는 더 가슴 아프게 다가옵니다. 백성을 이처럼 사랑했던 왕이 왜 자기 아들에겐 사랑을 주지 못했을까? 오히려 더 아끼고 사랑해야 하는 존재를 왜 그렇게 밀어냈을까? 심지어 왜 그런 식으로 죽일 수밖에 없었을까? 저뿐 아니라 아마 많은 분이 궁금해 하시는 부분일 겁니다.

마음을 파먹던 벌레에 몸까지 먹히다

사도세자는 22세까지 능행왕실의 성묘에 따라가지 못했습니다. 평소 체격이 크고 호방한 성격의 사도세자였지만 능행과 같은 공식적인 행사에 따라가지 못했는데요. 처음 아버지와 함께 간 능행은 할아버지인 숙종 능이었습니다. 혜경궁 홍씨는 책에서 "기분이 시원해진 듯하고 기뻐 목욕하고 정성을 다하며 탈 없이 다녀오셨다"고 전합니다.

그리고 얼마 지나지 않아 두 번째 능행을 따라가게 되는데요. 생전에 자신을 지켜주고 아껴주었던 할머니와 영조의 중전 정선왕후의 능행이었습니다. 그런데 하필 그때 비가 내리는 거예요. 그러자 영조가 느닷없이 "마른하늘에 비가 내리는 것은 세자인 네가 부덕하고 재수 없어서이니 궁궐로 돌아가라"고 말합니다. 이때 사도는 큰 충격을 받았다고 합니다. '혹시 내가 옷을 잘못 입어서 그런가?' 사도한테 의대증이 생긴 것도 이 시점입니다.

사도세자는 점점 미쳐갔습니다. 가슴속 화병을 어쩌지 못하고 해서는 안 될 일을 벌입니다. 사람을 죽이기 시작하죠. 궁녀부터 내관까지 하루에도 여러 명씩 줄잡아 백여 명을 연쇄 살인하게 됩니다. 한번은 내관의 목을 잘라 들고 다니며 혜경궁 홍씨와 사람들에게 보여주는 기이한 행동을 하는가 하면, 자기 아들을 낳은 경빈 박씨를 때려죽이기까지 했죠. 또 어떤 날은 혜경궁 홍씨에게 바둑판을 던져 그녀의 왼쪽 눈을 크게 상하게 한 일도 있었죠. 혜경궁 홍씨는 사도세자와 가장 가까이 있던 사람이었기에 그동안 사도세자의 광증을 고스란히 지켜보며 마음 졸이는 시간을 보내야 했죠. 그녀는 당시 심경을 "하늘같은 남편이 아무리 중하다 해도, 나 역시 목숨을 언제 마칠지 모르니 너무도 망극하고 두렵다"라고 표현합니다.

영조 역시 사도세자의 광증을 들어 알고 있었죠. 그래서 한 날, 영조는 사도세자를 찾아가 물었습니다. "도대체 왜 그러느냐?" 이에 사도세자는 이렇게 답합니다.

경모궁께서 말하시기를

"화가 나면 견디지 못하여 사람을 죽이거나 짐승이라도 죽여야 마음이 낫나이다."

영조께서 대답하시길

"어찌 그러하니?"

"마음이 상하여 그러하나이다."

"어찌하여 상하였니"

"사랑치 않으시니 서럽고, 꾸중하시기에 무서워 화가되어 그러하옵니다"

영조께서 나에게 오셔서 말씀하시기를

"세자가 마음이 상하였다 하니 그 말이 옳으냐."

부자 사이에 그런 말씀이 처음인지라.

내 뜻밖의 말씀을 듣고 기쁘고 놀라워 목메어 눈물을 흘리며

"어려서부터 자애를 입지 못하여 한 번 놀라고 두 번 놀라 이것이 마음이 병이 되어 그러하오이다" 하고 여쭈니

"마음이 상하여 그러하였다 하는구나" 하시니라.

한중록

우리는 이 장면에서 아들에 대한 영조의 사랑이 아예 없지
는 않았다는 것을 그나마 느낄 수 있죠. 하지만 사도세자의
마음은 이미 닫혀 있었고, 광증은 나아질 기미를 보이지 않았
으며, 영조가 사도세자를 대하는 태도 역시 달라지지 않았습
니다.

"그 뜻들이 무서워"

보통 아들이 마음에 들지 않는다고 해서 죽이지는 않습니
다. 정신질환을 앓고 있어도 어떻게든 고치려 하는 게 부모겠
죠. 영조 역시 단지 아들이 마음에 들지 않는다는 이유로 죽
인 것은 아니었습니다. 사도는 절망의 끝에서 입 밖으로 내선
안 될 말을 하고야 맙니다.

홧김에 하시는 말씀이
"병기로 아무리나 하려노라"
"칼을 차고 가서 아무리나 하고 오고 싶다"
하시니, 조금이나 온전한 정신이면 어찌 부왕을 죽이고 싶다는
극언까지 하시리오. 당신이 이상하게도 팔자 기구한 운명을 타

고나 천명을 다 누리지 못하시고 만고에 없는 일을 겪으시니, 하늘이 이상하고 흉한 변을 지어 몸이 그리 되시니라. 하늘아, 하늘아, 어찌 이렇게까지 만드시뇨.

이 말을 들은 혜경궁 홍씨는 정신이 아득했을 겁니다. 이미 남편은 없는 셈 치고 그녀가 믿고 의지하는 것은 아들 이산밖에 없었죠. 가슴에 담아야 하나, 부왕께 알려야 하나… 이 일을 어찌 해야 하나 고민하던 홍씨는 자칫 남편이 발작이라도 해 부왕 살해를 실행에 옮길 경우 그 화가 자신의 아들에게 미칠까 두려워 남편을 버리고 아들을 택하는 결단을 내립니다. 남편의 극언을 시어머니인 영빈 이씨에게 알린 거죠. 영빈 이씨도 고민에 잠겼을 겁니다. 아들을 택해야 하나, 남편을 택해야 하나. 영빈 이씨는 아들을 버리고 남편을 선택합니다. 임오화변이 있던 날, 영빈 이씨가 영조에게 "동궁의 병이 점점 깊어 바랄 것이 없으니, 소인이 차마 이 말씀을 드리는 것이 정리에 못 할 일이나, 옥체를 보호하고 세손을 건져 종사를 평안히 하는 일이 옳사오니, 대처분을 하소서"라고 간청합니다.

이 말을 들은 영조는 일말의 고민도 하지 않죠. 영조는 마치 전쟁에 나가는 군인처럼 무장하고 칼을 찹니다. 그리고 자기 아버지인 숙종에게 제를 올리곤 사도세자를 데려오라 명합니다. 사도세자가 뒤주에 갇히던 날의 상황이 《한중록》에 자세히 기록되어 있습니다.

그날 사도가 홍씨를 보고 싶다 하여 가서 뵈니 그 기운 온데간데없고, 고개를 푹 떨구고 깊이 생각에 감긴 채 벽에 기대어 앉아 있더라는 겁니다. 얼굴에는 혈색이 없었고 홍씨는 자신을 급히 부른다기에 또 울화증 부릴 것을 생각하여 그날 목숨이 끊어지겠구나 하여 아들 이산에게 작별인사까지 하고 왔다는 겁니다. 그런데 혈색 없는 남편이 입을 여는데 이렇게 말하더랍니다. "아마도, 고이하니, 자네는 다행히 살겠네. 그 뜻들이 무서워."

그때 영조가 휘령전으로 사도를 오라고 불렀습니다. 어쩐 일인지 사도는 피하자, 도망가자는 말도 없이 옆에 있던 사람을 공격하지도 않고 조금도 화증을 내는 기색도 없이 곤룡포를 달라 해 입더랍니다. 그러고는 학질을 앓는다고 거짓말을 하겠다며 아들 산이 털모자를 가져다 달라고 했죠. 학질에 걸리면 한여름에도 한기를 느끼니 학질에 걸려 아프다고 하면 아버지가 혼내거나 죽이지 않을 것이라면서요.

그래서 홍씨가 "우리 산이 털모자는 작으니 당신 털모자를 드릴게요." 말하니 그때 꿈에도 생각할 수 없는 상처의 말을 하더랍니다. "자네 정말 무섭고 흉한 사람일세. 자네가 세

손 데리고 오래오래 살려고, 내가 지금 나가 죽게 생겼는데
왜? 내가 그 아들 털모자 쓰면 그게 꺼림칙하고 재수 없어 그
러는가?" 당황한 홍씨는 아들 산이 털모자를 서둘러 가져다
줍니다. "이걸 쓰고 가세요." "싫어. 자네가 꺼리는 것을 뭐 하러
써?" 이것이 두 부부가 나누었던 마지막 대화입니다.

하늘에서 천둥이 치고 비바람이 불었다

영조는 처음부터 사도세자를 뒤주에 가둘 생각은 없었습니
다. 다만 자결을 권했죠. 왜냐하면 본인이 사도를 죽일 경우 자

신이 아들을 죽인 매정한 아버지가 되는 동시에 임금이 자신의 목숨을 노리는 역적을 처단한 모양새가 되니, 이럴 경우 훗날 손자인 이산이 왕위에 오르는 데 정치적 걸림돌이 될 거라고 생각한 듯합니다. 그래서 자결을 권유했던 거죠.

이때 혜경궁 홍씨는 휘령전 안으로 들어가지는 못하고 밖에서 진노한 시아버지의 음성을 듣고 있었습니다. 담 밑으로 사람을 보내 알아보니 남편이 곤룡포를 벗고 엎드려 계시더라는 말을 듣고 '오늘이 대처분의 날이구나' 하며 가슴이 찢어졌다고 합니다.

거기 있어 부질없으니 세손 계신 데로 와서, 서로 붙들고 어찌

할 줄을 모르더라. 오후 세시 즈음에 내관이 들어와 밧소주방의 쌀 담는 뒤주를 내라 하신다 하니, 이 어찌 된 말인고. 황황하여 궤를 내지는 못하고, 세손이 망극한 일이 벌어질 줄 알고 휘령전으로 들어가

"아비를 살려주옵소서"

하니, 영조께서

"나가라"

명하시니라. 세손께서 나와서 휘령전에 딸린 왕자의 재실에 앉아 계시니, 그 정경이야 고금 천지간에 다시 없더라. 세손을 내보낸 후 하늘이 무너지고 해와 달이 빛을 잃으니, 내 어찌 한때나마 세상에 머물 마음이 있으리오.

《한중록》에선 이날 일을 여기까지만 적습니다. "아버님 아버님 살려주소서"가 혜경궁 홍씨가 들은 남편의 마지막 절규였습니다. 그 이후로 혜경궁 홍씨는 남편의 목소리를 듣거나 모습을 볼 수 없었습니다. 그녀는 하늘과 땅을 가득 울리는 소리만 듣고 어쩔 줄 몰라 했죠. 영조가 땅바닥을 칼로 내려치는 쿵쿵 소리와 남편이 '아버지 살려주세요'라고 울부짖는 소리. 혜경궁 홍씨는 심지어 사도세자가 뒤주에 갇히는 모습도 보지 못했습니다.

우리는 당시 현장에 있었던 문신 박종겸이 쓴《현고기玄皐記》에서 그날의 상황과 그 이후 8일 동안 사도세자가 어떻게 죽어 갔는지를 확인할 수 있습니다. 사도세자가 한 모금의 물도 마실 수 없게 되자 자기 오줌을 받아 마시며 목숨을 연명했다는 이야기, 어린 정조가 아버지를 찾아갔다가 끌려 나가는 장면 도《현고기》에 기록되어 있죠.

책에는 나오지 않지만 사도세자는 8일 동안 좁은 뒤주에 갇혀서 결국 폐소공포와 굶주림, 치밀어 오르는 분노와 배신 감, 절망감 등에 범벅이 되어 비참하게 죽어갑니다. 묘하게도 사도가 죽던 날 하늘에서 천둥이 치고 비바람이 불었다 하니 마치 영화에서나 볼 법한 일들이 현실로 이루어진 것이죠. 사 도가 죽은 걸로 추정되는 그 다음 날에야 영조는 뒤주를 열라 고 했답니다. 자식이 확실히 죽었는지 살피기 위함이었던 것 같습니다. 그가 바랐던 건 공식적으로는 사고사였겠죠. '아비 는 자식을 죽인 적이 없고 왕도 역적을 벌한 적이 없으며, 왕이 세자를 꾸짖고 벌하는 과정에서 세자가 사고로 돌연사했다.' 대략 뭐 이런 결론을 바란 것 같습니다. 이것이 입에 담기도 글 로 적어 내려가기도 망극한 임오화변의 전말인 것입니다.

최소의 숙청으로 피바람을 잠재우다

어찌 보면 사도의 운명은 아들훗날 정조이 태어날 때부터 결정 지어졌는지도 모릅니다. 그런데 이산을 세자로 삼기 위해선 사도세자의 자식이 아니어야 했습니다. 역적의 자식은 왕은커녕 세자도 될 수 없기 때문이었죠. 영조가 다례 참석차 창덕궁 선원전으로 왔습니다. 혜경궁 홍씨는 시아버지를 아니 뵐 수 없어 선원전 근처 습취헌이라 하는 집으로 찾아뵙고 이렇게 말했다고 합니다.

"저희 모자 보전함이 다 성은이올소이다."
하고 흐느껴 아뢰었더니, 영조께서 손을 잡고 우시며
"너 이러할 줄 내 생각지 못하고, 내 너 볼 마음이 어렵더니 내마음을 펴게 하니 아름답다"
하시니라. 내 이 하교를 들으니 심장이 더욱 막히고 살아 있음이 부끄러운지라. 이어 아뢰기를
"세손을 경희궁으로 데려가 가르치시길 바라옵니다"
하니, 영조께서
"네 세손 보내고 견딜까 싶으냐"
하시거늘, 내 눈물을 드리워 아뢰되

"떠나 섭섭하기는 작은 일이요, 위를 모셔 배우기는 큰일이올소
이다"
하고 인하여 세손을 올려 보낼 결정을 하니, 우리 모자의 인정
으로 서로 떠나는 경상이 어찌 견딜 바리오.
세손이 차마 나를 떠나지 못하여 울며 가셨으니, 내 마음이 칼
로 베는 듯하나 참고 지내니라.

그리고 영조는 세손을 큰아들 효장세자의 호적에 올립니다.
뒤주에 갇혀 죽은 역적의 아들로서는 훗날 왕이 될 수 없었기
때문에 오늘날 표현으로 호적을 정리한 것이죠. 이때 이산은
3년상이 끝나지도 않았는데 자신의 아버지가 아니니 상복을
벗어야 했고, 그 자리에서 통곡하는 열한 살 이산의 울부짖음
에 혜경궁 홍씨는 "애간장이 끊어진다"고 당시의 상황을 표현
하고 있습니다.
　당시 신하들은 정조가 왕이 되는 것을 두려워했죠. 아버지
의 비참한 죽음을 목격한 이가 왕이 된 후엔 어김없이 피바람
이 불었던 역사의 수레바퀴를 잘 알고 있었기 때문입니다. 대
표적인 예로 폭군으로 유명한 연산군을 들 수 있겠죠. 어머니
폐비 윤씨가 사약을 마시고 죽임을 당했을 때 연산군의 나이
는 고작 세 살이었죠. 당연히 그에겐 기억이 없었고, 왕이 되기

전까지도 생모의 비극적 사건을 알지 못했죠. 그 비밀을 알게 된 후엔 그와 관련된 이들을 다 찾아내어 죽였을 뿐 아니라 자신의 눈 밖에 난 이들도 어김없이 처단했습니다. 그런데 정조는 임오화변 당시 열한 살이고 아버지의 죽음을 고스란히 목격했으니 그 기억을 가진 채 성장할 게 불을 보듯 명확했죠. 당시 사람들은 '이런 이가 왕이 된다면 연산군보다 더한 폭군이 될 것'이라 여겼습니다. 이들 처지에선 생각만 해도 끔찍했을 겁니다.

하지만 끔찍하기로 말하자면 이산이 더 했겠죠. 아비를 죽인 할아버지를 매일 만나야 했을 뿐 아니라 그를 반대하는 신하들을 상대해야 했으니까요. 게다가 언제 암살될지 모른다는 두려움에 새벽닭이 울기 전까진 잠도 자지 못했습니다. 그런데 위기가 곧 기회라고 했나요? 두려움과 분노에 까만 밤을 하얗게 지새우는 날이면 그는 어김없이 경전을 읽고 학문에 매진하여 그 누구도 부정할 수 없는 세자로 성장하고 있었던 것입니다. 영조가 승하하고 이산은 왕이 되었으니 그가 바로 조선 22대 왕 정조입니다.

그런데 그는 왕이 된 후, 당시 사람들의 불길한 예측을 완전히 부숴버립니다. 개혁군주로서 현명하고 개방적인 정책을 펼침으로써 조선시대의 르네상스를 완성하기에 이르죠. 전 이야말로 진정한 복수이며 승리라고 생각합니다. 물론 원수도 갚습니다. 당시 사도세자의 죽음에 관련된 사람들에게 '왜 우리 아버지를 죽였어?'라고 하지 않고 자신이 왕위에 오르는 것을 반대한 죄를 물어 숙청합니다. 다 '그놈들'이 '그분들'이었으니까요. '숙청은 최소한으로, 국정개혁과 백성과의 소통은 최대한으로.' 이것이 정조를 조선 후기의 가장 위대한 임금으로 만든 그의 근본 철학이 아닌가 생각합니다. 피를 피로 갚지 않고 은혜로 씻어내며, 위기를 기회로 두려움을 용기로 승화시킨 정조야말로 진흙 속에서 피어난 연꽃과도 같은 인물 아닐까요. 사도가 이루지 못한 꿈, 그리고 혜경궁 홍씨의 한을 아들 정조가 이뤄주고 풀어주었으니 자식으로 보면 효자 중에 효자요, 국부로 보면 성군 중의 성군이라 할 수 있겠습니다.

《한중록》을 둘러싼 진실 게임

《조선왕조실록》은 조선의 역사를 자세히 볼 수 있는 대단히 중요한 자료입니다. 조선의 제1대 왕 태조부터 제25대 왕 철종에 이르기까지 472년의 모든 역사가 기록되어 있기 때문이죠. 그래서 역사가들은 《조선왕조실록》을 1차 역사적 사료로 활용합니다. 우리가 학교에서 배우거나 상식으로 알고 있는 대부분의 역사는 바로 이 책에서 나온 이야기들이죠. 그런데 《한중록》에서 임오화변을 다룬 부분은 《조선왕조실록》의 기록과 일치하지 않습니다. 예를 들어 《조선왕조실록》엔 임오화변 당시 혜경궁 홍씨의 아버지 홍봉한이 그 현장에 있었다고 기록되어 있지만, 《한중록》에서 혜경궁 홍씨는 "우리 아버지는 그 자리에 없었다"고 증언합니다.

혜경궁 홍씨의 아버지 홍봉한과 작은아버지 홍인한은 가슴 아프게도 자신의 남편과는 대척점이었던 노론 벽파세력이었거든요. 이런 꼬여버린 상황 때문이었는지 《한중록》의 2부와 3부는 자신의 친정에 대한 변명 일색입니다. 세간에서 우리 아버지와 집안이 내 남편을 죽이는 데 앞장섰다고 말하고 있는데 그것은 사실과는 다르다는 류의 내용들이죠. 그런데 이런 주장들이 《조선왕조실록》 내용과는 다소 차이가 있어 학계에서는 역사적 사료로서의 신빙성이 떨어진다고 평가하고 있습니다. 그러나 혜경궁 홍씨가 궁궐로 시집오기까지 이야기를 담은 1부와 우리가 가장 궁금해 하고 가슴 아파하는 4부 임오화변의 이야기만큼은 영조와 정조의 합의하에 세초洗草되고 씻겨 내려간 《승정원일기》를 바탕으로 씌어진 《조선왕조실록》보다 더 정확하고 생생하게 묘사되어 있다고 생각됩니다.

바로 이러한 사실 때문에 《한중록》은 〈요즘책방: 책 읽어드립니다〉에 방영되지 못할 뻔했습니다. 사학계에서 인정받지 못하는 책이라는 부담감이 작용했던 거죠. 하지만 국문학계의 평가는 다릅니다. 일단 그 문체가 생동감 있고 소스라치게 뜨거운 것이 문학적 가치뿐 아니라, 당시 궁중 용어나 궁중 생활을 엿볼 수 있는 언어적 가치로도 뛰어나다는 평가를 받고 있죠. 무엇보다 실존 인물이 자신과 자신을 둘러싼 일들을 자세히 묘사한 기록문학이라는 점에서 높은 평가를 받고 있다고 생각합니다.

제가 함께했던 〈요즘책방: 책 읽어드립니다〉는 철저하게 전문가 자문단의 추천으로 책이 선정되어왔는데요. 아무래도 사료적 공정성 때문에 전문가들이 우려하셨던 걸로 제작진에게 전해 들었습니다. 하지만 저와 이적 님의 강력한 추천으로 《한중록》은 tvN 플랫폼을 통해 다시 세상에 알려질 수 있었는데요. 다행히도 많은 시청자 여러분이 오늘날 부모와 자식, 소통의 교육 쪽으로 초점을 맞추어주셔서 성황리에 마무리할 수 있었던 편이라 더욱 더 제 마음속에 소중히 남아있습니다.

자녀교육의 제일원칙, 소통과 사랑

〈스카이 캐슬〉이라는 드라마가 세간에서 인기를 끈 적이 있습니다. 학벌 중심주의 사회의 폐해를 적나라하게 보여주는 내용이었습니다. 저는 이 드라마를 보고 자녀교육을 위해서라면 물불 가리지 않는 오늘날 부모의 모습이 조선시대 영조가 했던 것과 뭐가 다를까 생각해보았습니다. 300년 전이나 지금이나 많은 부모들이 자식에게 지나친 기대를 걸고 자신보다 더 뛰어난 능력을 가지기를 원합니다. 그리고 거기에 미치지 못하면 참지 못하고 그 책임을 따져 묻습니다. 이 과정에서 서로에게 씻을 수 없는 상처를 남기기도 하고 또 상황이 악화되기도 하지요.

역사에 '만약'이라는 가정은 의미가 없습니다. 하지만 만약 영조가 사도세자의 마음을 읽고 살갑게 토닥여주었다면 역사는 완전히 달라졌을 거라고 생각합니다.

열한 살 때 아버지의 죽음을 목격했던 정조는 당시 사람들의 우려와 달리 성군이 되었습니다. 그럴 수 있었던 이유는 넘치는 사랑을 받았기 때문입니다. 혜경궁 홍씨는 물론이고 광증이 있었던 사도세자에게서도 사랑을 받았다고 기록되어 있습니다. 사도세자는 다른 사람들에게는 잔혹했지만 유독 이산에 대한 태도만큼은 남달랐죠. 또 할아버지, 할머니에게도 사랑받으며 자랐습니다. 두 분 다 비극의 현장 그 중심에 있었지만 사도세자와 정조의 인생길이 달랐던 가장 큰 이유는 바로 사랑을 받고 받지 못하고의 차이가 아니었을까요?

저도 다섯 살짜리 아들이 하나 있습니다. 제가 교육 일을 하다 보니 어떤 분들은 설민석의 자녀 교육법을 궁금해 하기도 하죠. 아마 다른 사람과 크게 다르지 않을 겁니다. 책이라도 읽어주려 할 때 녀석은 도망가는 뒷모습을 보이곤 하죠. 심지어 잘 놀아주지도 못합니다. 주말에 하루 놀아줄 뿐이죠. 하지만 제겐 딱 하나, 결코 놓을 수 없는 유일한 교육법이 있습니다. 만나면 안아주고, 안아주면 뽀뽀하는 일이죠. 뽀뽀의 생활화. 다른 건 몰라도 내가 얼마나 사랑하고 있는지를 아이가 느끼게 하는 거, 그래서 사랑에서 만큼은 부족함을 느끼지 않게 하는 것이 제 철학이라면 철학입니다.

저한테 《한중록》은 '육아지침서'입니다. 저는 그 안에서 스승을 만납니다. 바로 영조입니다. 정확하게 영조의 반대로만 하면 되니까요. 질책보다 용서를, 지적보다 배려를, 비난보다 응원을 해준다면 우리 아이들은 더 올바르게 잘 자랄 수 있을 겁니다. 제가 항상 강연 때 했던 이 슬픈 이야기의 제목이 떠오르는군요. '소통은 성군을 만들고, 불통은 역적을 낳는다.'

영조라는 타산지석으로
우리 아이 바라보기

"다 너를 위해서야." 보통 부모가 자식들과 학업 문제나 이성교제 혹은 또 다른 여러 크고 작은 갈등을 겪을 때, 마지막으로 건네는 비장의 한마디입니다. 그런데 정말 그 모든 게 아이를 위한 일인지 우리가 다 같이 고민해보는 시간을 가졌으면 합니다.

아이를 위한다는 데 명분을 둔 부모의 집착은 아마 100일 잔치 때부터 표면화되지 않았나 싶습니다. 아이는 기억도 나지 않을 100일, 그리고 돌잔치를 위해서 부모들은 저마다 자신들이 원하는 도구들청진기, 돈, 마이크, 펜 등을 쭉 깔아놓고 그중에 무언가, 특히 머니money를 집어주기를 간절히 바라는 모습을 우리 주변에서 흔히 목격합니다. 참고로 제가 들었던 이야기로는 요즘 돌잔치는 모든 도구에 돈을 감는 것이 유행이라고 합니다. 저 역시도 아이 돌잔치에 여러 돌잡이 물건들을 준비했었는데 우리 아이는 하루 종일 울기만 하고 아무것도 집지 않아서 무소유의 삶을 살 것으로 예상됩니다. (웃음)

정말 아이를 위한 이벤트라면 태어난 지 얼마 안 된 아이에게 그렇게 많은 사람들과 다양한 식순을 거치며 스트레스를 주지는 않을 테지요. 아마도 이건 아이를 위한다는 명분으로 시행되는 부모를 위한 첫 번째 잔치가 아닐까 싶습니다. 그렇게 시작합니다. 우리의 사랑이란 이름의 집착은. 그렇게 쌓여갑니다. 우리의 양육이란 이름의 갈등은.

《한중록》에서 보았던 그 부자의 모습은 수백 년이 지났지만 지금 우리의 모습과 닮아 있습니다. "이 나라 400년 종묘사직을 위해, 그리고 천출의 피가 흐르는 우리 가문의 세탁을 위해 너는 이렇게 살아야 해. 너의 꿈과 재능과 관심 따위는 전혀 중요하지가 않아." 그리고 요즘 가장 핫한 말도 우리의 영조는 잊지 않습니다. "나 때는 말이야Latte is horse!" 영조의 언행은 오늘날 자식 교육에 모든 것을 다 바치는, 우리 주변에서 흔히 볼 수 있는 수험생 부모의 면면을 보는 듯합니다.

영조는 조선시대에 손꼽힐 만큼 현명한 군주였습니다. 백성들에게는 그 누구보다 자상한 아버지였습니다. 그런데 실제 자식에게는 자상하지 못했지요. 영조의 목표를 우리는 잘 압니다. 종묘사직을 이어갈 위대한 성군으로 세자를 교육시키는 일. 그러나 그의 교육방식은 결코 현명하지 못했습니다. 왜 그렇게 똑똑하신 전하께서 자식 교육에 있어서 만큼은 그리도 어두웠을까요? 그것은 바로 잘못된 믿음 때문이 아니었는지요. "다 너를 위해서야, 다 이 나라 종묘와 사직을 위해서야."

아이는 우리의 못 다 이룬 꿈을 이뤄주는 아바타가 아닐진대, 나의 소유물이 아닐진대 아이를 위한다는 명목으로 우리는 그들을 벼랑 끝으로 몰아세운 것은 아닌지. 입지 못하는 옷은 옷이라 할 수 없고, 먹지 못하는 음식은 음식이라 부르지 않듯이 우리 삶에 아무런 변화도 일으키지 못하는 역사는 참된 교훈이라 할 수 없을 겁니다.

독자 여러분, 저는 먼 훗날 우리 아이들이 다시 부모가 되었을 때쯤 대한민국의 국민들이 《한중록》을 읽고 나서 이런 대화를 나누는 상상을 해봅니다. "얼마 전에 읽었던 그 《한중록》 말이야 너무 말도 안 되지 않니? 세상에 그런 아버지가 어디 있어? 하나도 공감도 안 가고 동감도 가지 않더라. 마치 별세계 이야기 같아."

기계에 빼앗긴 노동,
그 후

노동의 종말
The End of Work

제러미 리프킨

지금 우리 사회는 AI혁명 시대를 맞았다. 생각하는 기계가 우리의 삶을 풍족하게 해준다는 명분으로 우리의 일자리를 빼앗는 모습은 주변에서 쉽게 목격할 수 있다. 모바일 뱅킹이 등장하며 은행의 점포 수가 줄어들고, 가까운 패스트푸드점에선 인간 대신 기계가 주문을 받으며, 서비스 문의 전화에 기계가 응답하는 모습 등. 그들은 먹지도 마시지도 숨 쉬지도 잠자지도, 심지어는 바이러스나 균 때문에 아프지도 않으며 우리 인간은 흉내 낼 수도 없는 업무량을 묵묵히 해나가고 있다. 그런데 이런 오늘날의 일상을 이미 약 25년 전, 그러니까 1995년 제러미 리프킨이 《노동의 종말》이란 저작에서 예언했다. 그는 책에서 인간은 노동으로부터 해방되기 위해 기술과 기계를 발전시켜왔지만, 오히려 그것이 '고용 없는 성장'을 초래해 인간을 소외시키고 있다고 지적한다.

과거에서 미래를 보다

〈요즘책방: 책 읽어드립니다〉에서 다루는 모든 책의 선정 권한은 제작진에게 있습니다. 그리고 그 제작진은 각 분야의 전문가들 추천을 받아 공정히 선정하지요. 그런데 아주 가끔 우리 출연자들도 자신들의 애독서나 관심 분야를 추천하기도 합니다. 이 《노동의 종말》은 제가 강력 추천해서 선정된 책 중 하나입니다. 이 책이 선정되었다는 소식에 어찌나 기쁘던지…. 여러분은 '과거를 공부하는 역사 선생이 왜 미래에, 특히 고용 문제에 그렇게 관심을 가지세요?'라고 궁금해 하실 수 있을 테지요. 역사는 과거에 집착하는 학문이 아닌 옛일을 거울삼아 오늘을 되돌아보고 미래를 예측하는 미래지향적 학문이기 때문에 저는 요즘 미래에 가장 관심이 많답니다.

우리는 3차에서 4차 산업혁명 시대로 넘어가는 역사의 중요한 변곡점에 서 있습니다. 이 시대는 지구의 첫 번째 주인인 해조류가 산소를 뿜어내던 그 시대, 그리고 나무에서 원숭이가 내려왔던 그 순간, 그리고 물이 보글보글 끓는 주전자의 뚜껑을 보고 영국의 세이버리가 증기기관의 원리를 떠올린 그 시점만큼이나 중요한 시기라고 생각합니다. 인간과 비교할 수 없는 힘과 능력을 갖춘 기계가 스스로 사고하기 시작한 이 시대, 이

노동의 종말

시대를 우리가 어떻게 만들어 가느냐에 따라 미래는 천국일 수도, 지옥 혹은 디스토피아일 수도 있겠죠. 여러분이 생각하는 미래는 과연 어떤 모습입니까? 결론은 '알 수 없다'입니다. 옛 중국의 속담에 '인간이 미래를 예측하면 신이 웃는다'라는 말이 있습니다. 그러나 예측할 수 없다고 무사유로 일관할 수는 없겠죠. 과거의 역사를 기반으로 미래를 예측하는 방법, 그 방법의 중심에 바로 제러미 리프킨Jeremy Rifkin의 《노동의 종말》이 있습니다. 이 책을 나침반 삼아 지금부터 저와 함께 미래로의 여행을 시작하겠습니다. 백 투 더 퓨처Back To The Future!

이름만 해방, 현실은 노예

제러미 리프킨은 《노동의 종말》에서 과거 미국의 역사를 기준으로 삼아 미래의 역사를 예측합니다. 19세기 중반, 미국 흑인 인구의 90퍼센트는 남부에 살고 있었습니다. 당시 미국 남부는 농업을 생산기반으로 두었기 때문에 농사를 지을 다수의 흑인이 필요했던 것입니다. 반면에 공업이 발달한 미국 북부에선 흑인 노예가 아니라 생산물을 만드는 노동자, 그리고 노동자인 동시에 그 생산물을 소비하는 소비자를 필요로 했지요.

북부와 남부는 미국이라는 한 국가의 범주 안에 있었지만, 경제체제, 노예제도 등에서 상당히 다른 길을 걸을 수밖에 없었습니다. 특히 '노예제'를 둘러싼 북부와 남부의 입장 차는 매우 컸습니다. 북부가 노예해방을 외칠 때, 남부는 노예제 지지를 주장합니다. 노예가 없으면 농장에서 힘든 노동을 할 사람이 없다는 게 그 이유였죠. 그런데도 미국 전역으로 노예해방의 분위기가 점차 퍼져 나가자 노예제를 지지하는 남부는 '남부연합'을 결성, 미합중국으로부터의 분리를 선언하고 맙니다. 이는 1861년 발생해 4년이나 끌었던 '남북전쟁'의 중요한 배경이 되었습니다. 이 전쟁에서 승리의 깃발을 꽂은 건 링컨을 중심으로 싸웠던 북군이었습니다. 결국 노예해방의 시대가 열리게 된 것입니다.

자유의 몸이 된 흑인들은 새 시대를 꿈꾸었을 겁니다. 말 그대로 '멋진 신세계'가 펼쳐질 것이라고 예상했겠죠. 그런데 남북전쟁이 끝나고도 그들은 여전히 노예로서의 삶을 살게 됩니다. 법적으로는 노예가 아니었지만 참혹한 현실은 여전히 노예였던 것이죠. 당시 흑인들은 돈이든 땅이든 가진 것이라곤 하나도 없었어요. 그러니 백인 지주들에게 농사를 지을 땅과 필요한 농기구, 씨앗 등을 빌려 농사를 지으며 살아야 했죠. 또 지역의 거주를 위해 백인 지주들로부터 집을 임대하여 살아야

노동의 종말

했죠. 이 모든 것들을 빌리는 대가로 수확량의 40퍼센트를 지주에게 줘야만 했습니다. 그럼 나머지 60퍼센트만으로 생활을 꾸려나가면 되겠네요?

그 또한 쉽진 않았습니다. 식량, 옷, 신발 등 생활에 필요한 모든 용품을 파는 잡화점 주인 역시 백인 지주였기 때문이죠. 지주들은 대체로 생필품에 대한 물건 값을 높게 매겼고 외상에 대한 이자도 터무니없이 높게 매겼습니다. 수확이 되는 가을까지 돈을 마련할 수 없었던 흑인들의 상황을 악용한 것이죠.

흑인들은 피눈물로 땀을 흘리며 일했지만 빚더미는 점점 늘어나기만 했습니다. 수확철이 돌아와도 달라지는 건 없었습니다. 오히려 빚이 또 다른 빚을 부르고, 그렇게 덩치를 키운 빚은 해를 거듭하며 흑인들의 삶을 짓누르게 됩니다. 상황이 이렇다 보니, 흑인들은 '노예'라는 이름에서만 벗어났을 뿐, 이전의 삶과 큰 차이를 느낄 수 없었습니다.

유능하고 말 잘 듣는 노동자의 탄생

그런 상황이 반복되던 중, 인류 역사상 가장 참혹했던 제2

차 세계대전이 벌어집니다. 전쟁이 끝날 즈음, 참전했던 흑인들이 고향으로 돌아오면서 미국 남부에는 새로운 항변의 물결이 흘러넘치게 됩니다. 전쟁을 치르는 동안 상대적으로 인종차별이 적은 유럽과 미국의 다른 주들의 상황을 경험한 참전 용사들이 고향에 돌아와 그 소식을 많은 흑인에게 전하게 됩니다. 다른 나라 소작농의 삶을 보니 자신들의 삶과 비교가 된 거죠. '아. 소작농의 삶이라는 게 우리처럼 노예 취급을 받는 게 아니구나. 우리에게도 더 자유롭게 더 잘살 수 있는 권리가 있어.'

흑인들은 뭉치기 시작합니다. 그리고 그들이 원하는 것을 얻기 위해 정부에 탄원서를 내고 시위를 합니다. 그러나 계속해서 거절당하자 이들은 FBI에 다시 탄원했고, FBI에서는 요원을 파견하게 됩니다. 이런 일련의 일들은 남부 백인 지주들에겐 매우 불편한 일이었어요. '아니, 순한 양처럼 열심히 일이나 하지 도대체 뭐가 불만이야. 정부에 탄원서는 왜 내는 거야? 양처럼 순하고, 소처럼 일하는 노동자는 없나?'라는 생각을 할 즈음, 그들의 생각보다 훨씬 순하고 유능하기까지 한 노동자가 출현합니다. 그것은 바로 목화 따는 기계였죠.

1944년 10월, 미시시피주의 한 목화 농장으로 약 3천 명의 사람들이 모였어요. 그 농장에서 벌어지는 목화 따는 기계

노동의 종말

의 시범 운행을 보려고 모여든 이들이었죠. 사람들은 빙글빙글 돌아가면서 목화를 따는 기계를 보곤 충격을 받았어요. 흑인 노동자 50여 명이 하는 일을 단 한 대의 기계가 해내고 있었기 때문이죠. 심지어 이 노동자는 먹지도 않고, 마시지도 않고, 바이러스에 감염되어 아프거나 죽지도 않아요. 또 임금인상을 요구하는 일도, 정부에 탄원서를 넣는 일도 하지 않습니다. 다만 적당한 양의 연료를 주고, 가끔 기름칠해 닦아주기만 하면 되었어요. 이보다 더 멋진 노동자를 어디서 찾을 수 있을까요. 지주들은 열광합니다. 1949년엔 목화 수확의 단 6퍼센트를 이 기계에 의존했다면, 23년 후인 1972년에는 흑인 농민의 노동력을 이 기계가 100퍼센트 대체합니다.

금속 이빨로 무장한 이 '농민-기계'는 백인 농장주들에겐 매우 순종적이었지만, 흑인 노동자들의 목덜미를 가차 없이 물어뜯으며 그들을 일터에서 내쫓아버렸죠. 이때 먹고 살길이 막막해진 흑인들에게 구원의 목소리가 들립니다. '북부로 가자!' 당시 북부는 산업화가 활발히 이루어지고 있었는데, 그에 따라 '노동자'라는 이름의 일손이 많이 필요하다는 소식이 들려오게 된 것이죠. 이에 남부의 흑인들은 '북으로, 북으로!'를 외쳤고, 미국은 인구의 대이동이 이루어지게 됩니다. 그들의 등에는 허접한 세간이, 그들의 손에는 이제 막 걸음마를 뗀 아이

노동의 종말

가 매달려 있었으며, 그들의 가슴속엔 일자리를 얻고 잘살 수 있다는 작은 꿈이 담겨 있었습니다. 그러나 그들은 짐작조차 하지 못했죠. 그곳엔 목화 따는 기계보다 더 큰 아가리와 더 날카로운 이빨을 지닌 기계들이 기다리고 있다는 것을요.

교외로 나간 공장, 슬럼화된 도시

북부로 간 흑인 노동자들은 처음엔 먹고살 만했어요. 부품을 많이 필요로 하는 자동차는 노동집약적 산업의 특성상 많은 노동자를 고용해야 했죠. 농민에서 노동자가 된 흑인들은 열심히 일했어요. 그런데 1950년대 중반에는 자동화된 제조 기계들이 등장하면서, 또다시 많은 흑인 노동자가 일자리를 잃기 시작합니다. 예를 들어 GM에서는 1만 명이 넘는 숙련 노동자 중에 흑인은 단 67명만 살아남았죠. 북부의 자본가들 역시 남부의 농장주들처럼 흑인 노동자 대신 순종적이면서도 유능한 기계 노동자를 더 선호한 겁니다.

그런데 흑인들을 더 놀라게 한 건 '공장의 교외화'였습니다. 원래 공장은 도시 안에 있었어요. 하지만 도시로 유입되는 인구가 많아지면서 인구와 토지, 건물 등 모든 것들이 포화상태가 되어버렸습니다. 결국 정부는 도시의 토지이용 제한을 걸거나 도시 내 공장들에 세금을 높게 매겼습니다. 그러자 회사들은 도시 중심부에 있는 오래된 공장 대신 교외 공업지구에 새로운 자동화 기술을 가진 공장을 만듭니다. 그 주위로 새롭게 고속도로까지 건설되어 교외로의 이동이 더욱 편해지기에 이릅니다. 공장들의 빠른 이전으로 실업자가 된 흑인 노동자들만이 원래 공장이 있었던 곳에서 살다 보니 자연스럽게 그 지역은 슬럼화가 되어버렸죠. 대표적으로 뉴욕의 할렘이나 브루클린을 연상하면 이해하기 편하리라 생각됩니다.

아무튼 도시의 빈민으로 전락해버린 흑인들이 절망하고 있을 때 새로운 기계혁명을 일으킨 사람들은 이렇게 말합니다. "우리 기술은 일손을 빼앗는 것이 아니라 더 많은 일손을 늘리고 있습니다. 자동차가 처음 이 세상에 나왔을 때를 떠올려 보십시오. 마부들의 일자리를 빼앗은 것처럼 보였지만 실제론 더 많은 일자리를 만들어냈죠. 누군가는 자동차를 조립하는 일자리를 가지게 되었고, 누군가는 자동차를 판매하는 일자리를 가지게 되었죠. 어디 그뿐인가요. 자동차 마케팅을 위한 포스터가 필요하니까 인쇄업도 발전했고, 자동차에 문제가 생겼을 경우 이를 해결하기 위해 서비스센터도 생겨났습니다. 이처럼 기계의 발전은 수백 가지의 새로운 일자리를 창출해냅

노동의 종말

니다. 그러니 여러분도 당장 새로운 일에 도전하십시오."

그 말을 들은 흑인들은 실낱같은 희망에 새로운 일터로 모여들었습니다. 하지만 그곳엔 이미 흑인들이 결코 넘을 수 없는 높은 벽이 세워져 있었죠. 자본가들이 '도전하십시오!'라는 메시지를 보낸 주된 대상은 고학력의 백인뿐이었죠. 그들은 애당초 설계자, 기술자, 전화 상담, 마케팅 등의 일을 흑인들에게 맡길 생각이 없었던 겁니다.

그들이 우리일 수 있다

당시 흑인들은 농장에서 쫓겨나고, 공장에서도 쫓겨났습니다. 그리고 도시빈민으로 사회의 가장 밑바닥 생활을 해야만 했습니다. 이러한 일은 단 몇 줄로 설명할 수 있지만, 당시 흑인들이 느꼈을 고통과 두려움은 이 책의 지면을 다 할애한다고 하더라도 그 백분의 일, 천분의 일도 담아낼 수 없을 겁니다. 이런 현실에서 흑인들이 할 수 있는 일은 무엇일까요? 고통과 괴로움, 공포감에서 벗어나기 위해 약에 손을 대거나 범죄의 유혹에 넘어가기도 했습니다. 즉 과학기술 발전에 따른 실업의 증가가 흑인사회를 근본적으로 바꾸게 된 거죠. 1980년대 후

반 통계를 보면, 18세에서 25세의 흑인 남자 4명 중 1명이 감옥에 들어가 있거나 집행유예 상태였습니다. 심지어 젊은 흑인 남자의 주요 사망 원인은 피살이었습니다. 그들에게 희망은 없었고, 가난은 대물림되었습니다. 이것이 오늘날까지 이어지는 미국의 인종 갈등, 계층 갈등의 뿌리가 되었다는 것을 그 누구도 부정할 수는 없을 것입니다.

제조업 중심이었던 1차, 2차 산업혁명 시대가 흑인을 비롯한 단순 노동자의 일자리를 빼앗았다면, 3차 산업혁명 시대는 서비스와 전문직 종사자들의 일자리를 빼앗고 있습니다. 그리고 지금 우리 시대를 휩쓸고 있는 AI혁명은 우리 모두의 일자리를 빼앗을 수도 있습니다. 다만 '누가 먼저 일자리를 잃고 사회의 가장 밑바닥에서 고통을 겪을 것인가?' 하는 순서의 차이일 뿐, 일자리에 관한 한 우리 모두 안심할 수 없게 되어버린 거죠. 그래서 제러미 리프킨은 앞으로의 사회를 이렇게 예측합니다. "블루칼라의 종말은 그 시작일 뿐이다."

물 끓는 주전자에서 피어난 아이디어

자, 이쯤 되면 간담이 서늘해지고 머리가 쭈뼛 서는 현상을 체감할 수 있을 거예요. 그건 당신이 인간이라는 증거이고, 이 책과 공감하고 있다는 사실을 드러내는 것입니다. 자, 이 시대에 기계의 노예가 되느냐, 아니면 기계의 주인이라는 새로운 일자리를 얻게 되느냐는 우리 손에 달려 있는데요. '지피지기知彼知己면 백전불태百戰不殆'라고 했으니 지금부터는 빠르게 바뀌는 미래에 대처하는 방법에 관해서 이야기해보겠습니다. 그러기 위해서 가장 기본적인 산업혁명부터 살펴봅시다.

우리는 대체로 1차 산업혁명이 18세기 후반 영국에서 시작되었다고 배웁니다. 그런데 제러미 리프킨은 1차 산업혁명의 시기를 이보다 훨씬 앞선 중세 후기로 보고 있어요. 15세기말 콜럼버스가 아메리카 대륙을 발견하자유럽인의 시각임을 밝힙니다 수많은 사람이 바다로 나가기 시작했습니다. 이때 사람들에게 가장 필요한 자원 중 하나는 나무였습니다. 바다로 나아가기 위해선 대형 범선이 필요했고, 대항해 시대로 활발해진 무역항에는 몰리는 사람들을 수용할 수 있는 거처가 필요했습니다. 그리고 이 많은 인구가 추위를 견딜 땔감도 필요했겠죠. 나무의 수요가 늘어나 숲이 황폐해지자 사람들은 나무를 대체할 새로운 에너지원을 찾게 됩니다. 바로 석탄입니다.

1698년, 영국의 토머스 세이버리Thomas Savery는 에드워드 서머싯Edward Somerset의 아이디어를 이어받아 위대한 깨달음을 얻게 됩니다. 석탄을 땐 난로 위 주전자에서 물이 보글보글 끓으면서 뚜껑이 들썩거리기 시작한 것입니다. '저 증기 에너지를 잘만 활용하면 석탄도 캐고, 실도 짜고 다양한 상품들을 만드는 데 도움을 줄 수 있겠군!' 끓는 물이 에너지의 힘으로 전환되는 과정은 그 옛날 고대 이전부터 있었지만, 그것에 영감을 얻고 실생활에 에너지로 활용하여 기계문명을 발전시킨 것은 18~19세기 유럽에서였습니다. 그것은 일상의 아이디어를 존중해주고 그것을 실생활에 활용할 수 있는 사회구조의 힘이었을 겁니다.

그 시기에 우리나라는 조선시대 후기였습니다. 숙종이 인현왕후를 내쫓고 장희빈을 그 자리에 앉혔던 때죠. 같은 시기에 우리는 왜 이러한 발전을 이루지 못했을까 아쉽긴 해요. 조선의 유교적인 사회구조와 문화에서 이유를 찾을 수 있을 것입니다. 조선은 민본을 표방하며 예의범절을 중시하는 국가여서 이전 고려시대보다 훨씬 더 체계화된 중앙정치, 교육제도, 지방행정 등의 분야에서 많은 발전된 모습을 보였지만, 유럽에서 시작된 산업혁명을 이뤄내기에는 어려운 시스템이었습니다.

만약 에드워드 서머싯이, 토머스 세이버리가 조선에서 태어났다면 그곳에서 산업혁명이 일어날 수 있었을까요? 평균 수명이 45세쯤이었던 조선시대에 부모가 돌아가시면 무덤가에

　　　　　　　　　　　　　　　　노동의 종말

움막을 짓고 살며 도합 6년 동안 아무것도 해서는 안 되는 문화였습니다. 또한 과학과 기술을 잡학이라 하여 사회적으로 냉대했던 사회구조 속에서 기술의 혁명이 일어난다는 것은 불가능에 가까운 일일 것입니다. 그렇다면 지금 대한민국의 문화와 사회구조는 4차 산업혁명을 수용하고 발전시킬 수 있는 토대를 갖추었다고 말할 수 있을까요? 깊이 고민해봐야 할 문제입니다.

산업혁명으로 사라진 것들

석탄을 활용한 증기기관을 기반으로 하는 1차 산업혁명은 18세기와 19세기에 꽃을 피우게 됩니다. 그러다가 19세기 중반 이후 2차 산업혁명의 시대가 열리게 되죠. 2차 산업혁명은 석유나 전기를 통해 인간의 노동이 기계로 대치되는 시대입니다. 이로 인해 많은 노동자가 대량 해고라는 폭탄을 맞게 되죠. 하지만 그와 별도로 인류는 새로운 기계문명을 즐기게 되죠. 자동차로 이동하고, 라디오를 듣고, 텔레비전을 보게 됩니다. 이전엔 상상도 할 수 없었던, 혹은 상상했어도 결코 현실이 될 수 없을 것 같은 제품들을 생활 속에서 누리게 되는 거죠.

3차 산업혁명은 2차 세계대전이 끝난 1945년에 시작되었습니다. 육체노동을 대신하던 기계들이 정신적 영역으로 침범하기 시작한 것이 이 시대라고 말할 수 있습니다.

3차 산업혁명은 제조업을 넘어서 서비스업에 종사하는 수천만 명의 사람을 해고의 구렁텅이에 밀어 넣었습니다. 자동응답 시스템은 전화교환수를, 현금인출기는 은행원을, 패스트푸드점의 자동주문 시스템은 매장 점원의 일자리를 차지했습니다. 게다가 손안의 지식검색, 모바일 폰의 출현은 업무를 관리해주는 비서들을 거리로 내몰았습니다.

컴퓨터가 인간에게 겨눈 총구는 이번에는 예술 영역으로 향합니다. 할리우드로 진출한 컴퓨터 그래픽은 마치 신처럼 죽은 배우를 살릴 수도 있습니다. 이를테면 영화 〈7년 만의 외출〉로도 유명한 마릴린 먼로를 2020년에 제작하는 영화의 주인공으로 부활시킬 수도 있고, 이소룡이 생전에 해내지 못했던 고난도 액션을 영화의 한 장면으로 보여줄 수도 있습니다. 과거 시대극에 등장하던 그 수많은 일용직 엑스트라들은 이제 그래픽으로 채워졌으며, 편당 수천만 달러를 호가하는 슈퍼스타들의 입지도 불안하긴 크게 다르지 않습니다. 이 시대가 바로 우리가 사는 세상입니다.

AI는 당신의 자리도 넘보고 있다

제러미 리프킨은 책에서 '4차 산업혁명'이라는 표현을 쓰지 않았습니다. 저자는 우리가 말하는 4차 산업혁명을 3차의 연장선상으로 이야기하고 있습니다. 다만 오늘날 우리가 AI라고 말하는 존재를 '생각하는 기계'라고 표현한 부분을 보면, 20여 년 전 오늘을 예측한 그의 혜안은 놀랍다고 말할 수 있겠습니다. 어쨌든 오늘날 우리는 이 시대를 과거 3차 산업혁명과 엄격하게 구분하여 표현하고 있죠.

지금부터 《노동의 종말》에서는 다루지 않고 있는 지금 우리의 이야기, 그리고 예측할 수 있는 범위의 가까운 미래에 대하여 이야기해봅시다. 누군가 당신에게 와서 '4차 산업혁명의 시대가 무엇입니까?'라고 물었을 때 뭐라 답할 건가요? 아마 대부분의 독자들은 개념은 인지하나 명확한 문장으로 표현하기 어려울 것입니다. 그러나 이제부터는 다릅니다. 누가 당신에게 질문해 온다면 이렇게 대답하십시오. "4차 산업혁명은 융합의 시대이다." 4차 산업혁명의 사전적 의미는 AI, 사물인터넷, 빅데이터, 모바일 등 첨단 정보통신 기술이 경제사회 전반에 융합되어 혁신적인 변화가 나타나는 차세대 산업혁명이라 되어 있습니다. 자, 이렇게만 놓고 보면 문장이 어려워 체감이 어려

우니 그 모든 인공지능과 우리 주변의 사물, 그리고 모바일이 융합된 가까운 미래로 여행을 떠나보겠습니다.

성남시 분당구에 사는 당신은 내일 오전 9시 서울 강남역에 있는 직장에 출근하기 위해서 오전 7시에 모바일 폰에 알람을 맞춰놓고 침대에서 잠이 듭니다. 그런데 다음날 새벽, 경부고속도로 상행선에서 예측하지 못한 한 고양이의 출몰로 무인 자율주행 자동차가 급정차를 일으키며 삼중추돌이 일어났고, 고속도로의 교통은 마비되기 시작합니다. 그것을 인지한 강남역 주변의 CCTV는 이 정보를 곧바로 네트워크로 공유하고, 각종 언론사 인공지능 기자들이 기사를 쏟아내기 시작합니다. '경부고속도로 상행선 삼중추돌사고, 강남역 인근 극심한 정체 예상.' 거의 동시에 당신의 모바일 폰은 이 사건을 감지하고 당신이 맞춰놓은 7시 알람을 30분 앞당겨 6시 30분으로 자동 조절합니다. 30분 일찍 일어난 당신은 뭔가 변수가 있음을 인지하고 서둘러 일어납니다. 체온 및 압력 감지 시스템을 장착한 침대는 곧바로 당신의 기상을 커피머신에 알리고 당신이 가볍게 샤워하는 그 시간, 커피머신은 원두를 갈아 향기로운 커피를 담아냅니다. 커피를 마시고 짐을 챙긴 당신이 집을 나가는 순간, 현관문 센서는 집 안의 모든 전등을 끄고 자율주행 자동차에 시동 걸기를 명령합니다. 당신을 감지한 자동

노동의 종말

차는 매너 있게 뒷자리의 문을 열어줍니다. 그렇게 시작한 당신의 하루는 아주 멋지게 그리고 격조 있게 밝아옵니다.

이것이 우리가 경험하고 있는, 또 경험하게 될 4차 산업혁명 시대의 한 단면이죠. 마치 이 부분만 떼어놓고 본다면 우리가 사는 세상과 미래는 유토피아처럼 인지되지만, 말 그대로 우리의 삶 속에서 인간은 과연 무슨 일을 해야 할까요? 교통경찰, 기자, 비서, 요리사의 역할, 심지어는 운전기사의 역할도 결국 우리가 할 수 있는 일은 아무것도 없는 세상. 노동이라는 단어가 사전에서 사라지고 역사책에서나 찾아볼 수 있는 세상. 이것이 우리가 맞이할 세상일 수 있습니다.

생각하는 기계를 통제하는 몇몇 소수만이 전체의 부를 독점하고, 사회구성원 대다수가 대량 실업 사태를 맞이하여 몰락하는 세상. 기계라는 이름의 생산자는 있으나 그들은 소비하지 않고, 그 소비자가 되어야 할 인간은 돈이 없어 기계가 만든 물건을 구매하지 못하는 세상. 자본주의의 근간이 흔들리는 상상할 수 없는 디스토피아.

자, 큰일입니다. 당장 AI에 대한 투자를 거두고 기계의 발전을 멈추어야 합니다. 그러나 이런 사실에 공감하면서도 우리는 이 지옥의 문을 향해 달리는 급행열차를 멈추게 할 브레이크를 밟거나 방향을 바꿀 핸들을 돌릴 용기가 없습니다. 오히려 창업하는 스타트업의 종사자들은 대부분이 플랫폼 업체에 집중해 있고, 여의도 증권가나 월가의 자본도 항만, 도로, 제조, 항공이 아닌 플랫폼과 콘텐츠를 찾아 헤매는 것이 우리의 현실이죠. 자, 그렇다면 이 도도한 장강의 흐름을 유지하면서도 그 흐름 속에 표류하지 않고 살아남을 수 있는 미래에 대한 해결책이 있을까요? 저자는 생각보다 꽤 명쾌한 답을 우리에게 선물합니다.

나눔, 그 기발한 해법

제러미 리프킨은 이에 대한 해결방안으로 두 가지를 제시하고 있습니다. 하나는 노동시간의 단축으로 더 많은 일자리를 창출하는 것이고, 다른 하나는 정부가 민간 공익 단체나 사회 기업, 봉사활동 단체에 많은 투자를 하는 것입니다. 이러한 방법이 어떻게 더 나은 미래를 만들어낼 수 있다는 걸까요? 독자 여러분은 혹시 켈로그 사를 아시나요? 켈로그 사는 윌리엄 켈로그Will Keith Kellogg가 1923년에 창립한 미국의 곡물 시리얼 회사입니다. 어릴 적 아침마다 우유를 부어 먹던, 패키지에 호랑이가 그려진 콘푸로스트 시리얼로 유명하지요. 저자는 이

노동의 종말

회사를 모범 사례로 들고 있습니다.

1940년, 미국은 경제대공황으로 수많은 노동자가 일자리를 잃게 되었습니다. 그러나 켈로그 사는 반대로 더 많은 노동자를 고용합니다. 이게 도대체 어떻게 된 일일까요? 그 해법은 바로 노동시간의 단축에 있습니다. 당시 기계가 24시간 돌아가고, 이것을 관리하는 노동자는 8시간씩 3교대로 일하고 있었습니다. 이 시스템을 6시간씩 4교대로 바꾼 것이죠. 1인당 노동시간이 2시간씩 줄어든 대신 한 명의 노동자를 더 고용할 수 있게 된 겁니다. 그럼 노동시간이 줄었으니 그에 따라 임금도 줄어야 할 텐데, 켈로그 노동자의 시급은 그 이전보다 상승합니다. 이것은 또 무슨 마법과 같은 일일까요? 노동시간이 줄어드니 일에 집중도가 높아지고 상대적으로 사고율은 낮아지게 됩니다. 산업재해에 따른 보상금, 사고수습 비용이 고스란히 남게 되지요. 그리고 노동자의 작업 능률이 좋아지니 생산량도 이전보다 늘어날 수 있었습니다. 여기서 창출된 이익을 회사는 독식하지 않고 노동자와 함께 나눴던 것입니다. 그 마법의 비밀은 '나눔'에 있었습니다.

이 시스템의 변화와 회사의 결단은 미국 사회 전반에 큰 교훈을 안겨주게 됩니다. 임금은 거의 유지되는 상황에서 여가 시간이 늘어난 노동자들은 가족과 함께하는 시간이 많아지자

캠핑 레저 등 다양한 취미생활을 즐김으로써 소비가 촉진되고 내수경기 전반이 살아나는 선순환을 가져오게 된 것이죠.

그로부터 80년이 지나 사회는 말도 안 되게 다원화되고 수많은 변수가 산재하지만, 지금도 여전히 자본주의가 근간이며 그 본질은 변하지 않았습니다. 이 켈로그 사의 교훈이 우리에게 전해졌을 때 충분히 그 가치를 인정받을 수 있다고 생각하게 되는 대목입니다. 그리고 저자가 말하는 제3부문은 공동체의 연대가 '금전'을 대체하고, 자신의 서비스를 타인에게 판매하는 데 근거한 시장관계를 대체하는 영역입니다.

이렇게 말하면 좀 어렵게 느껴지지만, 제3부문은 이미 우리 사회에 널리 침투해 있습니다. 공동체 활동은 사회 서비스, 건강, 교육과 연구 등 다양한 범위에서 수행되고 있고, 공동체 서비스 조직은 고령자, 장애인, 불우아동 등을 지원합니다. 동물 보호, 환경 보호 운동도 이에 속합니다.

이 모든 부문은 그동안 시장에서는 무시하거나 주의를 기울이지 못한 영역인 겁니다. 정부가 제3부문에 투자를 진행하여 일자리 창출을 지원하면 사회 전반을 건강하게 만들 수 있고 기계에 의해 늘어난 실업률도 감소할 거라는 주장입니다. 그러면 독자 여러분은 이렇게 반문하시겠죠. "그 돈 다 국민의 세금이잖아요? 피 같은 세금을 자선단체에 몰아주는 것이 합리

노동의 종말

적인 정책일까요?" 그런데 책을 끝까지 읽어보시면 공감이 되어 고개를 끄덕일 수도 있을 겁니다.

기계에 밀려 실업자가 된 이들을 그대로 방치한다면 어떤 일이 벌어질까요? 이들은 과거 미국의 흑인들처럼 범죄의 유혹에 넘어갈 수도 있고 거리의 부랑자로 내몰릴 수도 있습니다. 그러면 국가에서는 국민의 세금으로 예산을 편성하여 그 범죄자들을 잡아들일 경찰 인원을 더 늘려야 할 것이고, 그들을 관리할 교도관도 늘려야 합니다. 또 잡아들인 범죄자들을 수용할 감옥도 지어야 할 것이며, 거리에 늘어난 부랑자들을 수용할 구호소도 마련해야 할 것입니다. 그런데 미리 그곳에 들어갈 돈을 제3부문에 투자한다면 범죄자, 부랑자, 실업자가 줄고, 환경은 보전되고 동물은 보호받으며, 가난한 사람들에게도 구호의 손길이 닿을 수 있는 보다 살 만한 세상이 되지 않겠느냐는 것입니다.

대부분의 미래 예언 관련 서적들은 뾰족한 대안 없이 끝나는 경우가 많습니다. 하지만 이 저자는 꽤 흥미롭고 공감 가는 몇 가지 대안을 제시하고 있는 것이 이 책에서 가장 인상적인 부분인데요. 1995년에 저자가 제시한 이론을 좀 더 현실에 맞추고 진화시키는 것은 우리들의 몫이 아닌가 생각합니다.

저는 경제학자는 아니지만, 이 책을 통하여 분명한 사실 하

노동의 종말

나를 깨닫게 되었습니다. 자본주의의 '구성'하는 노동자가 바로 소비자라는 것입니다. 그런데 수백 년 동안 이어져 오던 이 자본주의와 시장이 소비하지 않고 생산만 하는 기계 노동자들의 등장으로 뿌리째 흔들리고 있다는 사실입니다. 재화는 무한정으로 생산되겠지만 그것을 소비할 인간들이 대부분 실업자인데 무슨 돈으로 그 재화를 소비하겠습니까? 기업과 정부가 손잡고 실업자들을 다시 소비할 수 있는 노동자로 변화시킨다면 노동의 '종말'이 아닌, 새로운 인간 노동의 패러다임을 만들 수 있을 거라 생각합니다.

플랫폼 시대,
모든 이에게 열린 문

   저는 《노동의 종말》을 읽는 독자분들께서 지금의 시대를 쫓아가는 데만 급급하거나 뒤처졌다고 낙심하기보다 넓고 다양한 시각으로 이 시대를 읽어내기를 기대합니다. 피라미드는 예전처럼 계급이나 자본에 따라 결정되는 것이 아니라 상상력, 통찰력, 사물을 다르게 바라보는 능력에 따라 얼마든지 뒤바꿀 수 있는 시대이기 때문이고, 독자 여러분 중 그 누구라도 이 꼭대기에 도달할 수 있기 때문입니다.

   20세기 정보기술의 발달로 인터넷 시대가 열렸고, 이를 기반으로 다양한 플랫폼 비즈니스platform business가 발전하게 되었습니다. 그 예를 들자면 1998년 9월 4일 설립된 구글을 비롯하여 우리가 일상에서 흔히 쓰는 에어비앤비, 우버, 유튜브,

카카오, 네이버 등이 있죠. 플랫폼은 개인이나 기업 할 것 없이 모두 참여 가능하며, 그 안에서 자유롭게 거래할 수 있는 환경이 구축된 시스템입니다. 가령 에어비앤비는 단 한 채의 호텔도 가지지 않고 수백 수천만의 투숙객을 수용할 수 있으며, 우버는 자신 소유의 택시 한 대 없이 전 세계 콜택시의 대명사가 되었고, 카카오뱅크는 지점 하나 가지지 않고서도 은행 거래를 가능하게 만들었으며, 유튜브는 자사 전속의 연예인 계약서 하나 없이 전 세계 인구를 소속 크리에이터로 만들어 인류문화 창달에 지대한 영향을 끼치고 있습니다.

그들은 컴퓨터나 스마트폰을 가지고 있는 세계 인구 전체를 소비자로 타깃팅 합니다. 외부 장기라고 불리는 스마트폰을 단 한시도 떨어뜨려놓고는 견디지 못하는 (혹자는 배우자는 평생 보지 않아도 되고 자식은 일주일까지는 참을 수 있지만 스마트폰과 떨어져서는 한 시간도 버틸 수 없다고 말하기도 합니다) 플랫폼은 호모 사피엔스가 아닌 신인류 포노 사피엔스를 그 대상으로, 누구나 쉽게 접근하고 참여할 수 있는 개방성과 실물시장에서 거래되는 모든 것을 사업화할 수 있는 확장성을 지니고 상상을 초월한 초거대기업이 되어갑니다. 전단지를 세상에서 없애버린 배달 앱 등이 대표적인 예라고 할 수 있죠.

이러한 이유로 플랫폼 회사는 앞으로도 지속적인 발전이

가능하며, 신규 사업자가 들어설 여지가 많다고 보입니다. 이는 곧 플랫폼산업이 많은 이에게 혁명에 가까운 기회를 줄 수 있음을 의미하기도 합니다. 인류사에서 혁명은 정치적으론 왕의 목이 날아가고 국민의 대표가 통치하는 새로운 시대를 열었으며, 경제적으론 기술의 혁신적인 발전으로 경제구조뿐 아니라 사회구조까지 변화시켰습니다. 플랫폼산업 시대의 변화 속도는 바로 이러한 혁명의 모습과 닮아 있기에 어떤 이들에겐 몰락의 시작이 될 수 있으며, 또 어떤 이들에게는 기회의 시작이 될 수 있을 겁니다. 그 대표적인 예로 2019년 기준, 세계 시가총액 10대 기업 가운데 페이스북, 알리바바, 아마존, 텐센트, 알파벳(구글의 모기업) 등 7개 기업이 플랫폼 비즈니스를 바탕으로 하고 있습니다. 건설, 항만, 조선, 항공의 시대로 대변되는 산업화를 넘어 새로운 플랫폼 비즈니스의 시대를 발 빠르게 읽은 이들이 세계적 신흥 재벌로 이름을 드높이고 있음을 알려주는 척도인 겁니다.

또한 《미래사회 보고서》의 공동저자 유기윤 교수님은 미래사회는 계층 피라미드의 꼭짓점에 플랫폼 소유주들이 포진하고, 바로 그 아래에 플랫폼 스타 운동선수 연예인 각 분야의 셀럽들이 있으며, 나머지는 99.997퍼센트의 프레카트리아엣 프롤레타리아를 연상케 하는가 차지한다고 내다보았습니다. 머지않은 미래에 중간 계층이 무너지고 슈퍼 부자와 빈곤한 다수가 공생하게 될 거라는 무시무시한 예측이죠.

이것은 역사책에 나오는 위인 이야기가 아니라 우리와 동시대를 살아가고 있는 수많은 성공한 선배들의 삶으로 보증되고 있는 실화입니다. 만일 우리가 무한대의 꿈을 꾸고 그것을 현실로 이뤄내게 된다면 《노동의 종말》이 던지는 메시지는 더욱 빛을 발하게 될 테지요. 그때에 이르러 자신의 꿈을 이룬 당신은 머리엔 자본주의 경제의 근간을 이해하는 지식을, 가슴엔 더불어 잘 사는 것이 진정한 나의 이익이 된다는 똑똑한 이기심을 담고 있기를 간절히 바랍니다.

뒷담화

읽은 책 | 인용문 출처

지구, 유전자 생존기계들의 별

《이기적 유전자The Selfish Gene》, 리처드 도킨스, 홍영남·이상임 옮김,
을유문화사, 2018.

43쪽 – 위의 책, pp.279~280.

44쪽 – 위의 책, p.296.

감추고 싶지만 엄연한 인류의 비밀

《사피엔스Sapiens》, 유발 하라리, 조현욱 옮김, 김영사, 2015.

67쪽 – 위의 책, p.47.

72쪽 – 위의 책, p.126.

73쪽 – 위의 책, p.134.

77쪽 – 위의 책, p.426.

80쪽 – 위의 책, p.350.

86쪽 – 위의 책, p.399.

89쪽 – 위의 책, p.586.

오늘 우리에게 던지는 희망 메시지

《페스트La Peste》, 알베르 카뮈, 김화영 옮김, 민음사, 2011.

102쪽 – 위의 책, p.58.

107쪽 – 위의 책, pp.117~119.

119쪽 – 위의 책, p.223.

122쪽 – 위의 책, p.280.

124쪽 – 위의 책, p.290.

125쪽 – 위의 책, p.304.

129쪽 – 위의 책, pp.401~402.

실록도 눈을 감아버린 자녀교육 잔혹사

《한중록閑中錄》, 혜경궁 홍씨, 정병설 옮김, 문학동네, 2010.

142쪽 – 위의 책, p.160.

146쪽 – 위의 책, p.35.

148쪽 – 위의 책, p.203.

149쪽 – 위의 책, p.30.

152쪽 – 위의 책, p.28.

154쪽 – 위의 책, p.45.

158쪽 – 위의 책, p.85.

159쪽 – 위의 책, p.122.

163쪽 – 위의 책, pp.132~133.

166쪽 – 위의 책, pp.144~145.

기계에 빼앗긴 노동, 그 후

《노동의 종말The End of Work》, 제러미 리프킨, 이영호 옮김, 민음사, 2005.

세상의 모든 책썸 남녀를 위하여
설민석의 책 읽어드립니다

1판 1쇄 발행 2020년 5월 18일
1판 2쇄 발행 2020년 5월 28일

글 | 설민석
그림 | 한정석

방송대본 | 〈요즘책방: 책 읽어드립니다〉 제작진
PD | 정민식, 김민수
방송작가 | 이은별, 홍지해, 김나영, 정윤서

펴낸이 | 설민석
사업총괄 | 이은영
기획·구성 | 길주희
구성 | 김미조
편집 | 채미애, 성주은
디자인 | 명희경, 최유진, 이솔
마케팅 | 김태균, 박민준
제작 | 양동욱

펴낸곳 | 단꿈아이
출판등록 | 2019년 10월 8일 제 2019-000111호
내용문의 | dankkum_i@dankkumi.com
구입문의(영업마케팅) | 031-602-1318, Fax 031-602-1277
주소 | 경기도 성남시 분당구 판교로 242, 씨동 701-2호(삼평동)
홈페이지 | dankkumi.com
인스타그램 | @dankkum_i

ⓒ 2020 설민석, CJ ENM
Printed in Korea
ISBN 979-11-968931-6-3

이 도서의 국립중앙도서관 출판예정도서목록(CIP)은 서지정보유통지원시스템
홈페이지(http://seoji.nl.go.kr)와국가자료종합목록 구축시스템(http://kolis-net.nl.go.kr)에서
이용하실 수 있습니다.(CIP제어번호 : CIP2020017747)